U0558542

·河南省作家协会重点作品扶持项目·

青山乱叠

青 年 作 家 文 丛

闫 兵 著

郑州大学出版社

河南文艺出版社

图书在版编目（CIP）数据

青山乱叠／闫兵著. — 郑州：郑州大学出版社：河南文艺出版社，2021.2（2022.3 重印）
（青年作家文丛）
ISBN 978-7-5645-7569-4

Ⅰ.①青…　Ⅱ.①闫…　Ⅲ.①散文集–中国–当代　Ⅳ.①I267

中国版本图书馆 CIP 数据核字（2020）第 231091 号

青山乱叠
QING SHAN LUAN DIE

策　　划	孙保营　马　达	封面设计	小　花
责任编辑	刘晓晓　贾占闯	版式设计	小　花
责任校对	孙精精	责任印制	凌　青　李瑞卿
丛书统筹	李勇军		

出　　版	郑州大学出版社　河南文艺出版社
发　　行	郑州大学出版社
地　　址	郑州市大学路 40 号（450052）
出 版 人	孙保营
网　　址	http://www.zzup.cn
发行电话	0371-66966070
经　　销	全国新华书店
印　　刷	河南新华印刷集团有限公司
开　　本	890 mm×1 240 mm　1／32
印　　张	9
字　　数	183 千字
版　　次	2021 年 2 月第 1 版
印　　次	2022 年 3 月第 2 次印刷

书　　号	ISBN 978-7-5645-7569-4	定　　价	35.00 元

编委会

序一

胡竹峰

钟叔河先生送我的那幅字有一点儿仿周作人，笔画稍微俊俏一些，墨迹无滞塞，那是老人家心境明朗的缘故，内容大好，写的是："书似青山常乱叠，灯如红豆最相思。"这十四个字近似诗，却是阅微草堂主人的书房联，语中有诗，把灯火比作红豆，可谓巧思。读到这本《青山乱叠》，想起了过往的书事。

年轻时读书贪多，一日一本，甚至一日几本。书乱放案头，就像窗外重叠的青山。偶尔停电了，挑灯夜读，灯火如豆，与书共度良宵，真是颇好的境遇，得了静气。闫兵的文章可喜处也正在静气上，近来秋凉，书里书外，安安静静。我很高兴看到这样清明敞亮的行文，不草率，懂分寸，知进退，明礼数，见操守，笔墨诚恳恭敬，偶有不及，也是岁月与心性使然，无伤大雅。

文章弄久了，固有那份耐心，往往少了一些诚意，遮了一些面目，字里相逢看不见肝胆，看不见性情。这本《青山乱叠》不同，处处是书生本色。书生是稀罕物，本色更是稀罕物。古人说："凡五星有色，大小不同，各依其行而顺时应节……不失本色而应其四时者，吉。"文章事亦然，不失本色而应其四时者，吉。吉，善也。古人还说，礼义顺祥曰吉。

闫兵下笔，阴晴圆缺风风雨雨字字句句几乎没有离开过书似青山乱叠的叮咛与映照，文风质朴简淡，言外之思缥缈幽远。想起那本读了又读的《阅微草堂笔记》，隐隐透着乾嘉时代的清韵与士气，像酒，像茶，像泪，不像《聊斋志异》那样意气，料峭崎岖的世态和敦厚温煦的胸襟让人难忘。

我喜欢闫兵的绵密笔触，如细雨打湿梧桐滴落在小窗前的芭蕉上，偶尔笔下乍现的灵光甚至给人刹那的会心与绵绵的慰藉。做文章如此，如此做文章，得了自己的园地。文人的园地自然是文字，依了自己的心性，写一点自己的文章。浅薄是自己的，高深是自己的，机心是自己的，烂漫是自己的，拙朴是自己的，灵秀是自己的，这样就很好。文章辛苦事，吃饭长精神；文章辛苦事，读书长精神。文章见精神就好。文章实难，文章家更难。

秋日暮色昏暗，本想让台灯亮起，索性燃了那半支隔年的红烛。于是，一灯如豆的光亮忽然就在眼前了。

是为序。

2020 年 10 月 10 日于合肥作茧书房

序二　赋无形式于追忆

熊海洋

人到了一定的年纪，就喜欢过问过去的人和过去的事，仿佛有一笔未知的财富无心地落在过去的时间之中。或许，更加年长一些，也就不再过问了，因为当过问之物真要再次进入自己的知觉，就如鲁迅记忆中的罗汉豆一样，反倒显得稀松平常，无论如何都追配不上记忆中的分量。那么，问题来了，究竟是过去的分量过轻，还是现在追忆的分量过重呢？又或者，这架天平的两个托盘之上的东西，究竟有什么区别呢？多了时间。那么，什么是时间呢？黑格尔说，时间是最抽象的自我。所谓"最抽象"，在他那里，几乎就等于最稀薄、最原初的自我。追忆之物与追忆之间，多了时间，多了自我。可见，惹得我们一再追忆的，原来就是最原初的自我，就是时间本身。

这个最原初的自我，这个时间的地基，是我成为我的根本。在这个地基上，我们一层又一层地累加，树立一根纪功柱，请进一座神像，构筑一个穹顶，直到自我的大厦挺立参天。但与此同时，我们的自我离时间的地基越来越远，我们的头脑在意义稀薄的天空中呼吸越来越困难。我们有了高处不胜寒的恐惧，有了对遗忘的不经意的察觉，仿佛有一件至关重要的事情遗留在遥远的过往之中。这种意识就像肉身中的一根刺一样伴随着我们，在一阵混合着土壤和杂草气息的风中，在某些精致无瑕的眸子中，偶尔向我们敞开过往的一角。追忆是我们存在的一个伤口。这个伤口对时间的敞开和遮蔽，构成了我们的人生。纪功柱、神像和穹顶，一层又一层地覆盖在这个伤口之上，以世俗的成功、攀附的虚荣，乃至智识的优越，来止住伤口的隐隐作痛，来隔开自我与存在，来隔开夸饰的大厦与本真的地基。这个隔开的过程，就是一种遗忘的过程，正如阿多诺所认为的，一切遗忘的过程都是异化的过程。异化并不是一个严酷的政治经济学的概念，而是文明的恐怖的真相，是存在的一种变现。

如果说，这种追忆是普通人的诗意时刻，是日常生活中真理自行置入的瞬间，那么，为什么唯独诗人的追忆会成为作品呢？他们的追忆与常人有何不同呢？不同之处在于，诗人通常在过去还未真正过去之前就已经开始了追忆，诗人在时间的敞开和遮蔽结构中，率先获得了一种总体的时间图景。正如李商隐的《锦瑟》一诗所揭示的那样：

> 锦瑟无端五十弦，一弦一柱思华年。
> 庄生晓梦迷蝴蝶，望帝春心托杜鹃。

> 沧海月明珠有泪，蓝田日暖玉生烟。
> 此情可待成追忆，只是当时已惘然。

诗人心中的"锦瑟"异乎常人之处就在于它"无端五十弦"，比常见的二十五弦多了一倍，多了未来尚未到来之前、过去即将过去之时，多了忽然间获得的时间的总体图景。在这个图景中，诗人才能看到这样的"象罔"之象："庄生晓梦迷蝴蝶，望帝春心托杜鹃。沧海月明珠有泪，蓝田日暖玉生烟。"这种时间的总体图景，让诗人具备了"此情可待成追忆，只是当时已惘然"的能力。这是诗人所有天才、想象力和灵感的秘密之源。诗人都是存在伤口的治疗者，都是时间的炼金术士。

闫兵这本精致的小书中，除了一些评论文字和考据文字外，大多数属于追忆文字。且看开篇就是《觅菜忆》，《流年汲碎》《童年游戏》错落其间，结尾又以《耿占春老师印象》绘事后素，终究成就了一幅"青山乱叠"图卷。这是一卷青山乱叠之图，也是一部追忆过往之书。然而，闫兵的追忆不是以诗歌，而是以散文的形式出现。这不禁让人想起民国两大散文家——周氏兄弟。知堂老人为文淡雅朴实，颇好掉书袋，时称文抄公。其兄为文出绚烂于白描之中，情在魏晋，而终不能忘怀世情，自号文剪公。抄剪二公，一个沉入古代去，一个涌到世情中。如果说文学乃是存在的伤口，那么不得不说，散文并不是治疗这一伤口的良药。散文乃是最反文学的文体，它根本就拒绝赋形，根本就拒绝治愈这个伤口。可见，抄剪二公都清晰地感受到了存在的伤口，或许，这个伤口太过疼痛，以至于无形可赋；又或者，这个伤口虽可赋形，但是被赋形的伤痛随即就被转入到欢乐之中，而和世俗的成功一样，将伤口层层掩埋。对于追忆，对于存在的伤口，闫兵是如何处理的呢？读者诸君自有见解。孟夫子号称知言，倡知人论世。海洋不敏，且进一解，献于诸君：吾友闫兵，其为人也温雅，敦敦乎有古陈州文人之流风，绰绰乎有月旦评第一流人物之余韵，尝徜徉于古城开封大小书肆之中，尤嫌不足；亦寄情于小说《石头记》之灯火阑珊之处，求索不止。其人也，有其文也。其文若何，窃以为用曹雪芹呼吸悲凉之雾，怜爱人间之情，出为知堂之文也。读者诸君，以为何如？

庚子金秋　奉序于金陵

目　　录

苋菜忆

叶嘉莹自传《红蕖留梦——叶嘉莹谈诗忆往》，回忆年轻时和同伴去北京西郊，见野地一种红色植物非常漂亮，询问后得知这是雁来红，秋天大雁迁徙的时候，它就红了。后来读植物志，叶嘉莹所见雁来红可能是野生三色苋，而常见的苋菜别名也叫雁来红，只是它的红接近于褐紫，叶背尤艳。

苋菜是夏季极为常见的菜，家家户户菜地里皆有一畦。家乡吃苋菜通常伴随着捞面，苋菜作为辅菜在面将熟时放入，凉水捞面，淋以蒜汁，再加些炒菜做浇头。单独吃苋菜，平时做法是选嫩尖嫩叶，沸水焯过后凉水一激，用事先调好的蒜汁搅拌均匀即可，苋叶细嫩，略有涩感，吃起来清香爽口。

散文中谈吃，人之大欲存焉。张爱玲在《谈吃与画饼充饥》中认为，是受怀乡症和童年回忆蛊惑，大都有一个城市的特殊情调或浓厚的乡土气息。这篇散文里她列排了古今中外许多食物，并叙述了自己在美国三藩市偶遇苋菜的经历："有一天看到店铺外陈列的大把紫红色的苋菜，不禁怦然心动，但是炒苋菜没蒜，不值得一炒。此地的蒜干姜瘪枣，又没蒜味。在上海我跟我母亲住的一个时期，每天到对街我舅舅家去吃饭，带一碗菜去。苋菜上市的季节，我总是捧着一碗乌油油紫红夹墨绿丝的苋菜，里面一颗颗肥白的蒜瓣染成浅粉红。在天光下过街，像捧着一盆常见的不知名的西洋盆栽，小粉红花，斑斑点点暗红苔绿相同的锯齿边大尖叶子，朱翠离披，不过这花不香，没有热乎乎的苋菜香。"一碗苋菜承载了故国旧雨之思，被擅长精致刻画生活细物的张爱玲写得活色生香。童年夏季我亦常食苋菜，有野生，有菜畦所种，却从未留心。经叶嘉莹、张爱玲的文字渲染，似乎重新发现了童年碗里的苋菜，它似乎真是"乌油油紫红夹墨绿丝"，蒜瓣也"肥白"。

家乡豫东，一入秋就不再食苋菜，因为叶老难嚼。农人铲掉苋菜撒上新菜籽，只留三两株做种，风吹来，菜茎高挺摇曳，秋意凛然。

吃苋菜就是尝叶掐鲜，茎梗怎么能吃？没道理。这可能是地域的偏见。汪曾祺，文人中的美食家，走过天南地北，南至云南昆明，北至张家口，都有长期的生活，经历颇丰。散文《五味》，海侃神聊，南甜北咸东辣西酸，大致不错，还写了一些地域的重口味、怪口味。文中有一节写"逐臭"，说："我们那里很多人家都有个臭坛子，一坛子'臭卤'。腌芥菜挤下的汁放几天即成'臭卤'。臭物中最特殊的是臭苋菜秆。苋菜长老了，主茎可粗如拇指，高三四尺，截成二寸许小段，入臭坛。臭熟后，外皮是硬的，里面的芯呈果冻状。嚅住一头，一吸，芯肉即入口中。这是佐粥的无上妙品。我们那里叫作'苋菜秸子'，湖南人谓之'苋菜咕'，因为吸起来'咕'的一声。"这种吃臭卤腌渍的苋菜杆，给家乡人谈起，都说是海上奇闻。

吃苋菜的茎梗，家乡是浙江绍兴的散文家周作人也有写，浙江人爱吃腌得极咸的菜与鱼，"苋菜梗的制法须俟其'抽茎如人长'，肌肉充实的时候，去叶取梗，切作寸许长短，用盐腌藏瓦坛中，候发酵即成，生熟皆可食。平民几乎家家皆制，每食必备，与干菜腌菜及螺蛳霉豆腐千张等为日用的副食物，苋菜梗卤中又可浸豆腐干，卤可蒸豆腐，味与'溜豆腐'相似，稍带枯涩，别有一种山野之趣。"至今绍兴的许多饭店，有些菜肴上会有几节苋菜梗，增添地方风味色彩。

早年间物质匮乏，人勤劳终岁，粗衣恶食，青菜储存技术差，在秋冬多晾晒干菜和腌制菜肴，菜腌久了不免有些特殊的味道，经验积累多了，也会产生特殊的吃法。这安贫乐道的发明，在各地食物中焕发不少风味和奇趣。而今物质丰裕，很少有人家有时间有耐心去腌制这些，汪曾祺、周作人对日渐稀少的故乡风味的追忆，想必也是受怀乡症与童年回忆的蛊惑。

桂华流瓦

　　元宵节的起源据说与汉武帝创制太初历有关，定正月为新年第一月，正月十五即是一个满月。一年明月打头圆，值得庆贺，同时又是道教文化中的上元节。元宵节滥觞于汉魏时期，节日活动融合了佛家的"燃灯祭祀"和民间的"燃灯夜游"风俗。唐宋以降，世族凋落，坊市繁荣，民间社会兴起，元宵节才真正精彩起来。

　　宋代元宵节皇帝与民同乐，亲登御楼宴饮观灯，城市此时开放夜禁，大家族对平时足不出闺门的女性开放门禁。宋吕本中《轩渠录》记录这样一件小事，反映了当时的景况：闲居洛阳的司马光，元宵节发现夫人精心打扮想要出门看灯，便疑惑地问道："家中点灯，何必出看?"夫人爽然答道："兼欲看游人。"正是这种看灯兼欲看人，才是元宵节的热闹。"东风夜放花千树。更吹落、星如雨"，"玉壶光转，一夜鱼龙舞"，是看灯。"笑语盈盈暗香去。众里寻他千百度。蓦然回首，那人却在，灯火阑珊处"，是看人。辛弃疾的《青玉案·

元夕》就写出了这种热闹和别致。司马温公不识热闹之趣，嘿然而叹，难道我不是人吗？

周邦彦也有一首写元宵节的词——《解语花·上元》，虽然很少被人提到，但写得非常好：

> 风销焰蜡，露浥烘炉，灯市光相射。桂华流瓦。纤云散、耿耿素娥欲下。衣裳淡雅，看楚女纤腰一把。箫鼓喧、人影参差，满路飘香麝。
>
> 因念都城放夜，望千门如昼，嬉笑游冶。钿车罗帕，相逢处、自有暗尘随马。年光是也，惟只见、旧情衰谢。清漏移、飞盖归来，从舞休歌罢。

这首词中有热闹繁华的街市，有"桂华流瓦"的素雅。在此环境下，纤腰楚女在喧嚣的箫鼓声中人影参差满路飘香。词人想起了年轻时生活的国都开封，千门如昼，绮罗如云，若邂逅情深必定会暗尘随马追随去。突然一句"年光是也"，错愕时光流逝之快，明明是月华如昨，可今年竟只有"旧情衰谢"。

现在元宵节，禁止燃放烟花爆竹，竟是冷冷清清。皓月如盘，光辉如银，不禁想起真正桂华流瓦的小时候。那时夜晚路灯少，月光足，当时心里真是惦念元宵节，而今"旧情衰谢"，因"年光是也"。元宵节是春节的余韵，孩童伙伴爱玩，正月初五就开始惦念元宵节，初十以后就急不可耐地挑起灯笼，呼朋引伴，巡游村落，一边攒钱买烟花，一边相互讨论建言，谁家去年嫁女儿今年元宵节新女婿回门送烟花，哪些地方几家富裕人家买了多少钱的烟花，怎样规划路线既可以把小伙伴都叫上，又能渐次看完几家的烟花。小村落旧有鞭炮厂，家家户户皆能做鞭炮与烟花，除了富裕之家大肆购买的新型烟花，小户们图个彩头多会做些传统"梨花"燃放。这种"梨花"像个大爆竹，燃起引信烟花四射，能窜起四五米高，持续十几分钟，真正是火树银花。

各种烟花逛遍，小伙伴们开始玩耍各自买的烟花小玩意，眷眷难舍，不愿回家。因为明天天一亮年节就结束了，一切如那句歇后语：外甥打灯笼——照旧（舅）。

荷花记

　　荷花是通称，亦称莲，宋人周敦颐的《爱莲说》，脍炙人口。汉以来留下多首采莲曲，多是爱情缠绵词句，一句"莲子清如水"，一句"鱼戏莲叶间"，一静一动，水波荡漾，嫣然百媚。

　　荷花又称芙蓉，《尔雅·释草》曰："荷，芙蕖。其茎茄，其叶蕸，其本蔤，其华菡萏。"菡萏是荷花的别称，五代南唐中主李璟的名句"菡萏香消翠叶残，西风愁起绿波间"，词意古雅深沉，一词一景，写美好易逝，被王国维评为"有众芳芜秽、美人迟暮之感"。

　　荷花，沟渠池塘里很常见，出淤泥而不染，给平凡水体增添不少美丽。夏季旅行，许多景点有水处遍植荷花，绿波涟漪，花枝婀娜，风姿绰约，玉立亭亭。有次在南方园林，倚着水边亭台楼阁的美人靠，望着满目荷叶荷花小莲蓬，除眼前美景外，总勾起古人的诗心，古诗写荷花的特别多，李商隐的几句尤其出彩，"荷叶生时春恨生，荷叶枯时秋恨成""何当百亿莲花上，

——莲花见佛身""秋阴不散霜飞晚，留得枯荷听雨声"。口诵诗句，在旧亭台，恍然不知今夕何夕，人在何处。

今年水小，公园河水浅，荷花开得早，开得也久，晨夕散步相逢，总有意外的美之收获。早上见老太太摘荷叶，很好奇，商店有卖荷叶茶，减脂瘦身，是要做荷叶茶？走近才知是要回家熬荷叶粥，趁粥将熟未熟时把荷叶盖上，荷叶变色为止，再佐以冰糖，色泽碧绿，美味清香。花落成蓬，亭立如花苞，不久市场就有莲蓬卖，价格低廉，夏日晚风，剥个莲蓬，味苦而甘，很有趣。秋冬间，江米甜藕就上市了，把糯米放进藕中，慢火煮熟切片，淋以果汁、糖水，色香味俱佳。汪曾祺的小说《熟藕》，用卖熟藕的王老和爱吃熟藕的刘小红的故事，写故乡的风味小吃之美和人情人性之美。

荷花多是红、白两色，很多画家如齐白石、张大千、于非闇等都爱画荷花，无论写实或写意，多是这两种颜色。开始未觉有什么不同，后读汪曾祺小说《鉴赏家》，其中有段写书画家季匋民爱画荷花，专给大宅门送果子的叶三给季匋民一大把莲蓬，季匋民一高兴，画了一幅墨荷，好些莲蓬。画完问叶三如何，叶三言画得不对。为何？"'红花莲子白花藕'。你画的是白荷花，莲蓬却这样大，莲子饱，墨色也深，这是红荷花的莲子。"

园林中的荷花多是粉红，城郊藕田荷花多是白色，叶三言"红花莲子白花藕"，验之信然！

喝茶

　　少时对茶所知甚少，"茶"字却常在口语中听到。吾乡称白开水为"茶"，热水瓶为茶瓶，开水房为茶房，白水煮红薯为红薯茶，名虽曰茶而不见茶叶。后来上大学，来自茶乡的朋友对我们这种名不副实的称呼深以为怪。他买来深玻璃杯，放入家乡的毛尖，沸水冲泡，叶芽徐徐舒展，随水波荡漾，如鱼游左右。借他的光，喝了不少茶，味道清香，回甘时犹如走进深山茶园。工作初期，和小罗在他工作的茶店聚合，每晚下班，都要到店里。店里茶具齐全，江南式装修风格，听着古典音乐，聊些关于茶的知识，什么是绿茶红茶乌龙茶，各自如何冲泡，有何功效、禁忌，稍微懂了些茶艺和仪轨。有时叙些历史逸闻、地理差异，天南地北地海侃神聊。自此养成了喝茶的习惯。斯时写起，忽焉不觉五六年了。

　　去年写作获得一个小奖项，得到一套茶具，烧水冲茶十分方便。晚上回家，玻璃杯里放些茶叶，坐在电视前，冲泡三四次，饮一小壶水，消解一天的疲劳与烦厌。

　　晚间，翻阅《鲁迅散文诗歌全编》，读到一篇《喝茶》。有公司促销，鲁迅买了二两好茶叶，郑重其事地冲泡了一壶，竟和一向喝的粗茶差不多，颜色也重浊。后来才明白喝茶需要用盖碗，换了盖碗重来，果然色清而味甘，微香而小苦，确是好茶叶。鲁迅认为，静坐无为的时候，有好茶喝，会喝好茶，是一种清福。要享受这清福，一是需要有闲暇工夫，其次是练习出来特别的感觉。假如是从事筋力劳作的人，在喉干欲裂的时候，即使龙井芽茶、珠兰窨片，恐怕他喝起来也未必觉得和热水有什么大区别。鲁迅是胸怀宽广心填忧愤的人，不欣赏饮茶的细腻，"感觉的细腻和锐敏，较之麻木，那当然算是进步的，然而以有助于生命的进化为限"。

　　鲁迅这篇发表于1933年10月《申报·自由谈》上的《喝茶》，是有针对性的，可能针对的是当时一些追求细腻享乐的知识分子，也可能针对的是周作人1924年发表的那篇《喝茶》，给弟弟些告诫与启示，隐含棠棣之情。

　　周作人的那篇《喝茶》有几句传播甚广，"喝茶当于瓦屋纸窗之下，清泉绿茶，用素雅的陶瓷茶具，同二三人共饮，得半日之闲，可抵十年的尘梦"。周作人认为茶以绿茶为正宗，重在得自然之妙味，在渴饮层次之上，带些审美的趣味。周作人推崇茶道，"在不完全的现世享乐一点美与和谐，在刹那间体会永久"。可惜他们所处的那个时代真不完整，军阀混战、山河破碎、生民倒悬，所有审美层次的细腻与敏感，都带有几分苦涩与负罪。

桂花秋色

　　一场秋雨挥洒几天，楼前桂树娇蕊初吐，阴雨如晦中，一树嫩黄。待天气初霁，乌云甫散，桂花便先得晴开消息，细蕊怒放，远远近近，丝丝缕缕，香气馥郁。

　　关于桂花的印象，最初来自开学典礼上一句常见的套话——"秋高气爽，丹桂飘香"，其实许多小学中学的校园里并无桂树。大学开学的九月，走过大礼堂前的广场，总有几天时不时飘来浓郁的花香，同伴说是桂花香，有些好奇花开在哪里，但并未付诸行动去追究寻找。以至于大学几年竟不知道桂树在哪里，桂花什么样子。有一次，课堂上，一位女教师不知为何突发感慨，深情地说："时光虽然易逝，也有循环时候，似乎没有变化，就比如每年开学总能闻到大礼堂后面花园里香气四溢的桂花香。"静默时刻，她的眼神中似乎复现了凝驻在桂花气味中的过往，以及她常常怀念的逝而未离的父亲、消逝在校园里的如花美眷等。这是我所经历的桂花故事。

　　现在工作之余，读书时常留意草木虫鱼，外出时常观察花草树木，以印证书中所记。楼前的这几株桂树，高四五米，花开时浓烈馥郁，让人想起早时背记的唐诗："桂子月中落，天香云外飘。"生活艺术家李渔在《闲情偶寄》中这样写桂花："秋花之香者，莫能如桂。树乃月中之树，香亦天上之香也。但其缺陷处，则在满树齐开，不留余地。予有《惜桂》诗云：'万斛黄金碾作灰，西风一阵总吹来。早知三日都狼藉，何不留将次第开？'盛极必衰，乃盈虚一定之理，凡有富贵荣华一蹴而至者，皆玉兰之为春光，丹桂之为秋色。"日常中桂树普普通通，混在各种绿木中难以辨识，常和女贞等树混淆。秋天桂花开放是万蕊齐放，花开浓烈，可惜花期短暂，绚烂之极，归于平淡也迅速。李渔欣赏桂花之美，对桂树缺陷有微词，把植物审美伦理化了，"何不留将次第开"的劝谏，似乎是文人多事。这让人想起另一位名作家幽默泼辣笔下的栀子花："栀子花粗粗大大，又香得掸都掸不开，于是为文雅人不取，以为品格不高。栀子花说：'去你妈的，我就是要这样香，香得痛痛快快，你们他妈的管得着吗！'"

草木往往能够给人带来意外的惊喜，这几日天天举目即见满树桂花，让我对桂花的认知，脱离了"纸上得来终觉浅"的层次。在桂花词汇里，不仅有感官的经验，也融入了自我与他人的经验和感喟，还加入了时光的刻痕。

桂花开在白露前后，我生活的地方属于南北交界，亦南亦北，虽秋风起，秋意浓，但有时也回返几日秋老虎，忽冷忽热。这秋后潮热，书中有一个很有趣的名字——"桂花蒸"。

张爱玲有一篇不怎起眼的小说《桂花蒸　阿小悲秋》，写得很调皮，她在题记中引用好友炎樱的话："秋天是一个歌，但是'桂花蒸'的夜，像在厨里吹的箫调，白天像小孩子唱的歌，又热又熟又清又湿。"题中"桂花蒸"有些难解，疑惑很久，一开始以为是桂花糕之类。清代文士顾禄的《清嘉录·木犀蒸》载："俗呼岩桂为木犀，有早、晚二种，在秋分节开者，曰'早桂'；寒露节开者，曰'晚桂'。将花之时，必有数日鏖热如溽暑，谓之'木犀蒸'，言蒸郁而始花也。自是金风催蕊，玉露零香，男女耆稚，极意纵游，兼旬始歇，号为'木犀市'。"木犀就是桂花，"桂花蒸"是指夏后秋初一个短暂的时间，古人对这样短暂时节的命名竟是这样清雅，对环境变化的认知敏感有诗意。现在，不知江南还有没有"男女耆稚，极意纵游，兼旬始歇"这样的民风民俗，仅凭记载就可以想象这是一个美好的时节。

南风树树熟枇杷

细雨晚上，骑车经过十字路口等红绿灯，忽然不知哪里飘来一阵浓郁的花香，清新袭人。第二天路过时留心观察，街角花园里一树棟花开得正汹涌澎湃，紫粉花簇，密密匝匝压满枝柯。顺着鸟雀鸣啁，棟树旁几株枇杷，肥硕叶丛里，累累枇杷果迎着阳光，渐黄，透红。

想起刘基的诗句："细雨茸茸湿棟花，南风树树熟枇杷。"应时应景，如在目前。

枇杷北方本少见，近些年作为景观树，街边路旁多有种植，公园庭院里也不少。我对枇杷的了解多来自文学阅读，散文里有著名的"两棵树"，一棵是归有光《项脊轩记》里的枇杷树，一棵是鲁迅《秋夜》里的枣树。"庭有枇杷树，吾妻死之年所手植也，今已亭亭如盖矣。"淡淡数言，写出了饱满的时间感、沧桑感以及面对流年飞逝的无奈。

《千字文》中亦有"枇杷晚翠，梧桐早凋"的词句，汪曾祺有本特别有名的文集就叫《晚翠文谈》。汪老自序说："昆明云南大学的教授宿舍区有一处叫'晚翠园',月亮门的石额上刻着三个字,字是胡小石写的,很苍劲。我们那时常到云大去拍曲子,常穿过这个园。为什么叫'晚翠园'呢?是因为园里种了大概有二三十棵大枇杷树。《千字文》云:'枇杷晚翠',用的是这个典。这句话最初出在哪里,我就不知道了,实在是有点惭愧……枇杷的确是晚翠的。它是常翠的灌木,叶片大而且厚,革质,多大的风也不易把它们吹得掉下来。不但经冬不落,而且愈是雨余雪后,愈是绿得惊人。"枇杷树有"秋萌冬花春实夏热,备四时之气"的说法,冬天开花,春天坐果,到夏天端午才熟,花蕊小花期长,结果慢成熟晚,照汪老的说法是:"枇杷呀,你结这么点果子,可真是费劲呀!"大器晚成的汪曾祺把文集命名为《晚翠文谈》,有深意,有自嘲,也有期待。

当代散文家胡竹峰也写枇杷:"枇杷树好看,好看在叶上。枇杷叶是锯齿形的。金农画枇杷叶,叶络历历在目,锯齿波涛起伏。金农笔下的枇杷叶很笨拙,笨拙得有真趣。张大千画枇杷叶仿佛芭蕉,又像鸡毛,好在这鸡毛不当令箭,倒也洋洋一派喜气。吴昌硕画枇杷叶仿佛毛毛虫。齐白石为了表现枇杷叶上的锯齿,用浓墨在叶子周围打点,暮鼓咚咚在纸面敲打,脱了俗。我见过有人画枇杷叶如豆荚,还见过有人画枇杷叶如蝉翼。"胡竹峰借助画家之眼,经过细致入微的观察分析,再看枇杷树,美得更具体细致。

我居住的小区在北城,种植了很多枇杷树,三年来早晚经过，没怎么留意，最近它们于我好像是才发现似的，不再像过去那样熟视无睹，不再是一种概念式的存在，变成了有意义的形式，参与了我的生活，会一直参与下去。

端午记

许多时代消失了。

伴随着这些时代的风度、歌谣、民俗等集体经验也一同湮没无踪。

印象之初的端午节，飘有缕缕艾草味，端午前到河边割些艾草，放在家里，做豆豉酱时用这些艾草捂霉煮熟的黄豆。听老辈人说，早时候没有蚊香，晚上就烧一把艾草熏熏，众人围着艾草堆，在艾草烟雾里讲故事打发时间。

此地端午民俗，当天用艾草煮些鸡蛋、鸭蛋和大蒜，喝用麦仁或大米酝酿的米酒，在门口、窗户悬艾草，讲究的老人会给孙子缝香包，裹进雄香，戴在项上，驱蚊辟邪。印象最深的是端午节过后，腌透了的红心流油的咸鸭蛋，增人食欲。许多岁时记中都记载端午节为中天节、五月节，是和中秋、除夕并重的"三节"。豫东地区端午节连着忙碌的麦收季，由于农事忙，端午节并不隆重，麦收过后的"麦罢"才是重要的节气，许多人家都要"走麦罢亲戚"，回娘家、定婚姻都在这个点儿。

节日，或节气，本质是时间的一个戏剧化的仪式，在冗长忙碌的时间里，挽个节，停顿下来，怀念或庆祝，给人们一个欢乐团聚的仪式，亲朋们不致太疏离，时间不致太漫长，日子不致太难熬。

节日有很多类型，农历节气根植于自然循环的时间形态，这种时间的体验联系着太阳、月亮等星体的运动周期，也联系着草木作物的生长周期，如月缺月圆、日出日落、星座循环和花开花谢、苗木荣枯。人生在天地间、自然里，和草木虫鱼一样，顺乎自然节律的变换，生活节日也因应着天地间的节奏。在以钟表刻度计时的"机械时间"之前，时间具有多元的形态，农业社会普遍信仰这种自然循环的时间观，它在不断循回往复中显示着自然的生生不息与永恒静态。端午节即是来自这种时间形态下的一个节日，它保持了人与自然节律的敏感、联系与沟通，随着春夏之交，万物复苏，邪气病菌等也沉渣泛起，此外，按照神秘的阴阳交替理论，端午节在夏至前，阳气盛到极点则阴气开始反弹，就如每天正午午后，是最神秘阴森的时刻，所以农历五月被称为"毒月""不吉之月"，才会有这样一个辟邪驱毒的节日仪式，端午节悬艾草煮蒜，当带有辟邪驱毒的神秘用意。《红楼梦》中五月初一贾母带领合家众人"清虚观打醮祈福"，这是清代端午风俗。南方的端午节除了艾草还用菖蒲，《岁华忆语》是民国时期夏仁虎先生回忆南京风俗的作品，其中"端阳"一节说："端午节人家，自五月一日，即用菖蒲叶，剪作剑形，并艾叶悬户上，张钟馗像于堂，云可辟邪。戚友家多以鲥鱼、角黍相馈遗。往往一鱼辗转数处，仍送回本家，则已馁不堪食矣！足为发噱。五日，以野花为束，蘸水洗目曰洗火眼。洗毕，置小鹅眼钱于盆中，倾向门外，曰抛火眼。酒中置雄黄，饮之曰可去毒。于小儿额用雄黄书'王'字，以象虎形，云易长成。以雄黄书小纸条，其词曰'五月五日天中节，一切蛇虫尽消灭'，于墙角倒贴之，谓避虫豸。午酒必有一馔，则萱花、木耳、银鱼等五种炒之，曰炒五毒。午餐既竟，则相率至秦淮水滨看龙舟矣。"这段记载十分详细，角黍就是现在的粽子，点火眼不明白是怎么回事，倒是点雄黄，让我记起小时候也有这么回事，在额头点雄黄辟邪。至于炒五毒，故里并没有这样的事情，五毒本指"蝎子、蛇、蛤蟆、蜈蚣、蝎虎子"，这里以五种相似的植物炒之，是人类学中典型的"相似性巫术"。邓云乡《燕京乡土记》中《端午小景》一文写到北京制"五毒饼"馈赠亲友，所谓五毒饼就是玫瑰饼："用香喷喷、甜滋滋的玫瑰花瓣捣成娇红的玫瑰酱，加蜂蜜和好白糖等熬稀，加松仁等果料，调成馅子，做成雪白的翻毛酥皮饼，上面盖上鲜红的'五毒'形象印子。"现在市面也能买到玫瑰饼，北京的稻香村仍然保留着传统做法，但少了端午的仪式感，只是一种甜品而已。

科学的进步，就是一个祛魅的过程，过去那些蒙昧迷信和神秘联想逐渐从人们脑海里祛除，时间也脱离了自然节律，缩进了机械的钟表和电子数字，不再神秘。许多传统节日皆像端午节这样，少了各种各样的仪式，丧失了本身的文化记忆和自然内涵，变得空洞无物，仅仅是快节奏社会的一刻时间停顿，一次休息时间，是社会发展的题中之意。

另一种类型的节日是发源于宗教和政治的节日，来自历史上某个民族和某个政府的重大事件，或是某个民族的荣耀日与受难日，或是对社会发生的重大事件和对某个人物的纪念，是历史叙事在时间形态中的一个纪念仪式。记得小时候，每过端午节，我都会按照课本把屈原沉江的故事讲述一遍，告诉大家谁是屈原，端午节是为了纪念爱国主义诗人屈原，要吃粽子赛龙舟，咱们这种过法，不对。后来读书，战国晚期没有国家意识，根本不存在屈原式的爱国主义观念，楚才晋用和文士周游列国才是当时的社会状况。汉武帝时期，《楚辞》才开始成书，此前根本没有屈原的任何记载，司马迁写《史记》时很难找到屈原的具体资料，只能把他和文士贾谊合传，关于屈原的叙事也较模糊，多采用《楚辞》中的诗人形象，以至于后来不断有学者怀疑屈原这个人物是否真实。把屈原和端午节附会在一起，把端午节与纪念爱国主义诗人屈原连在一起是很晚近的事情。我家乡那一带虽然战国早期就被楚国吞并，战国晚期一度成为楚国国都，过端午不知道是为了纪念屈原，是遵循了更古老的传统。每念此都会对童年的执拗哂然一笑。

几年前在郑州租房子，房东在门口挂了一束艾草。七月，艾草已经干枯，但仍能闻到缕缕艾草味。后来每到端午节，总能想起那束干枯的艾草，闻到艾草的味道，这味道总牵引着回忆的丝缕。

楝树花开

杨絮肆虐的季节我回到了故乡。一下车漫天的杨絮顺着风飞绕过来，纠缠在头发上、衣服上，不容易拍打掉。路上辗转着聚成团的杨絮，草木皆被杨絮裹上一层毛外套。路人既烦躁又对这些杨絮束手无策，谁让我们这些年种了这么多新型速生杨呢。杨树不仅生长迅速，而且生命顽强，耐旱耐涝，经济价值也高，这些年迅速扩张，乡村路两旁或房前屋后、空宅基地都种满了杨树。乡村集市上卖的树苗除了偶尔见些桐树外，基本都是杨树苗。随着乡村掀起了盖房热潮，很多树被砍伐，村里的原有树木日渐稀少。我这次回乡就是要看看家里新房子的建设情况。

新房子建在村西头，这片地之前是一片树林，处在村庄和耕地的中间地带，错落种植着椿树、桐树和楝树，林边还有几棵桃树，是年幼时玩伴们的乐园。近些年这里的树木多被砍伐，新房子不断增加，想着早已不会再有老树了。

到家看过新房子之后，趁午饭还未开始，一个人去田野转转，在城里极难有这么开阔的视野，还有什么比眺望一望无际的麦田更幸福的呢？何况阳春三月，抽穗的麦子挺拔屹立，杂花秀于野，黄鹂鸣于翠，蝴蝶蹁跹在麦田上空，嬉戏追逐。

春光煦暖，中午时刻的田野已显燥热，急忙在菜地里抽一把蒜薹便回来了。刚走进村口，一棵棟树闯入眼帘，这应该是以前那片树林硕果仅存的一棵棟树，仍是不那么粗壮的树干，枝杈上绿叶繁密，粉白的花瓣、深紫的花蕊，丛丛簇簇，像雪一样弥漫了整棵树，散发着幽微的清香，树荫清凉，地上铺满了精细的落蕊，踏上去没有声音，轻弱如棉。安歌的《植物记》中说："春天可以汹涌在一棵苦棟树上。"必须用汹涌、怒放这样喷薄有力的词来形容这一树的繁花，春天就汹涌在这树上。

对，春天就在这树上，这是我过去习焉不察，没有意识到的。小时候常常在这片树林里玩玻璃球、捉迷藏，很少想到这些树。椿树、桐树可以做家具或者房屋梁架，很少见到谁家砍伐棟树，也很少见到谁家的家具是棟树做的，棟树似乎没有什么用途。有时候会想这些没用的棟树也许是野生的吧。不管它的用处，棟树树荫里却是儿童的游乐场，缺乏现代玩具的我们和祖辈一样在这些朝夕相处的树林里找乐子。春天来临，我们便猴子一样蹿上树，折些椿树的嫩枝，每人采集一大把，然后相互敲，看谁采的椿树条硬，赢得彩头，敲断即扔，敲剩下的就拿回家加工加工，通常就是埋在地下一段时日，

或稍微在灶膛里烤一下，使之瘦硬，以备下次挑战，谓之
"撇麻条"。这种游戏在古典诗词中有一个优雅的名字——斗
草，"巧笑东邻女伴，采桑径里逢迎。疑怪昨宵春梦好，元是
今朝斗草赢。笑从双脸生"。当然我们的游戏和诗词里优雅的
女子玩的不相干，是斗草游戏里武斗的一种。椿树枝丫渐大
不能玩了，桐树便开花了，长喇叭似的花朵戴着铜冠。小孩子
们便折些细柳枝，朝落下的桐树花朵穿刺，比赛看谁的柳树
枝上穿的花瓣多，而且花瓣不损毁；还有的孩子回家拿了针
线，把落下的桐树花穿起来，做成花绳挂在窗棂上，做成花串
挂在脖子上当项链，系在手腕上当手链，这多半是女孩子的
事情。《红楼梦》中迎春用针线穿百合花的情节引来了多少文
人墨客的怜惜与悲悼。而村里的女孩子用针线穿桐花显得不
这么刻意不这么矫情，是那样的天真烂漫。男孩有时也拿着
针线到树林里玩，多半是用针线穿桐花的花头，黄褐色的花
头粗厚，呈半圆形，极像了一颗铜珠子，把桐花头穿起来当项
链，一半挂在脖子上一半用手拿着，模仿老和尚拿着念珠念
经，念念有声，煞有介事，只是想不起来当时念的什么，许是
孩子们信口胡诌的韵词。等到桐花落尽，夏天也就到了，这时
候楝树登场了，楝树上结满了比樱桃稍大些的楝枣子。楝枣
子能做什么不知道，听说能入药，没见过，但它是夏天必不可
少的玩具。堂兄弟两人，一人在地上挖两排小窑，一排四个窑
或八个窑都行，一人爬树折几枝楝树杈摘下楝枣子平均放到
挖好的窑里，每窑八个或九个十个不等，然后两人各占一排

窑，轮流抓起一个窑里的楝枣子分别放到每一个窑里，每窑
一粒，就这样轮流抓依次丢，谁先把身前一排窑的楝枣子集
中到一个窑里就算胜利。这种益智游戏简单方便，两个人走
到有楝枣子的树下就可以玩，叫作"丢窑"或"拍窑"，它可
能就是古书里记载的"种豆"游戏，权且记下，请教于大方
之家。

这些发生在树林里的乡间游戏，现在玩电子汽车、遥控
飞机甚至网络游戏的儿童可能听都没听过，我偶尔想起来，
虽然才过了十几年却恍如隔世。如今这些游戏也随着这片树
林的消失而绝迹，成长在这片新房子里的儿童也许不再属于
乡间自然了，不再爬树玩泥，不再喜欢这些单纯的游戏。

春天汹涌在这棵楝树上，我前所未有地发现楝树花是那
样的美，我不禁怀念起这片树林和一去不返的童年。这棵楝
树，过去的玩伴，犹如隔了十几年再相见的老朋友。真是逝者
如斯，风雨流年，树亦如此。

青山乱叠

　　读书人爱逛书店，喜买书藏书，这是天性。要写一部读书人购书藏书的著作，不愁找不到素材。这方面的书，我爱读邓云乡写的介绍民国初期北京琉璃厂书肆的系列文章，还有孙犁晚年写的《书衣文录》和"耕堂文录十种"。网络购物兴起，网购书籍方便易得，借助网络平台许多书都能轻松找到，但网购少了许多过程方面的乐趣。

　　陈平原有个系列的短章随笔，就叫《逛书摊》，开篇用两个比喻来形容购书过程的乐趣："读书人之爱逛书店，与家庭主妇之爱逛商店，实在没有多大差别，既谈不上高雅，也并非低贱，乃活人生的一点小小的娱乐。至于计较金钱，希望买到价廉物美的商品（书），当然有点'俗气'。可正是这种小小的'操心'，增加了逛书店的乐趣；到了财大气粗，进书店每样来一本时，恐怕反倒索然无味。""至于下一'逛'字，自然不无嬉戏游玩乃至借以消磨时间的味道。难得浮生半日闲，读书人于书店流连忘返，与孩童之逛公园似乎也无两样。"逛书店和书摊往往并没有什么明确目的，尤其是书摊，常会有惊喜的收获。大书店总是循规蹈矩，书架林立，中规中矩，按照书籍内容严格分类，甚至小说也细分古典与现代、现实主义与意识流等。去书店多是有意识、有目的地寻找某一类或某一本书，顺带看看有什么新书出版、畅销的是什么书。大学周围读书群体多，小书店丛聚，因书量少，不适合细致分类，摆放比较粗放，相对乱，因为"乱"，往往会有很多意外发现。尤其当店老板又从某知名出版社购得许多库存积压书籍，或者收购某图书馆旧书之后，这些书乱头粗服，不衫不履，亦不上架，明晃晃地摆放在书店中央，任你挑选，实在是予以购书者极大的乐趣。我的许多古典文学丛刊类书籍多是此时此处购得，特别是辽宁教育出版社早期出版的几辑"新世纪万有文库"、齐鲁书社早期出版的"中国古典小说普及丛书"，乃得意之购，每次拿出一册阅读，购书之时的欣喜与激动历历在目。不过也有遗憾，有些书掂量来掂量去，因价高而忍痛离开后，下决心要买时已经成为他人之爱。偶尔也有错过最佳阅读时期的遗憾，还有些奇怪的记忆。多年前的一个黄昏在书店街，邂逅只有一间门面的小书店，遇到刘震云刚出版的《一句顶一万句》，因和某畅销书一起放在推荐栏下没有购买，并不感叹这次错过，而是这个黄昏落日小书店和萧索的街道常常无端萦绕脑际。

逛书摊要自由得多，书摊多在偏僻的街道，以及古玩旧货市场的边缘位置，沿着街边人行道随便摆放，摊主坐在旁边和他人谈天说地，根本不在乎这摊生意，有的书摊没人看守，需要喊一声摊主才匆忙过来说价钱。逛书摊时须仔细瞧，还须不避脏乱下手翻一翻，有时好书就在一堆不起眼的书中间。某一时间段热衷红学，几趟旧书摊逛下来，竟找到了周汝昌1953年出版的《红楼梦新证》，慢慢地，《红楼梦学刊》《红楼梦研究集刊》的创刊号也有了，还低价购得了当年批判旧红学所用的俞平伯红学文章合集，其中的《（拟窗格体）林黛玉喜聚不喜散论》是俞平伯模仿童年窗前作文之体所写，戏拟八股文的回环萦绕文风，十分有趣，在各类俞平伯文集中均未见收录。

旧书摊上的书籍多来自上几代读书人的珍藏积累，从书的扉页上的购书记录、印章以及偶尔的笔记中，能感受到阅读者的快乐与欢喜。随着近几十年城市大改大建和阅读边缘化，后来人不喜读书，把前人珍藏的书籍当作废纸论斤卖。有心人从废品收购站捡回来再循环利用，在读书人聚集的街边摆摊售卖。这些书除了书皮儿因时间而旧损，内里大多非常干净。当然，旧书摊上也有很多破旧的新版或盗版书籍，在书摊上风吹日晒，无人问津，随着优质旧书逐渐被爱书人买走，这些新版书慢慢占据了旧书摊，依旧无人问津，最终被打包再次送进废品收购站。渐渐地，随着旧建筑旧工厂的拆迁结束，上一轮的旧书逐渐卖完，旧书摊减少甚至消失。再去之前常逛的旧书街，只有零星几个旧书摊在寒风中坚守，逛书摊的乐趣随之消逝。

　　享受完逛书店、书摊之乐后，接踵而至的是存书之忧。城市里居住空间不宽绰，能在生活空间中开辟一间书房已是奢侈。诸多书籍如何在小小的书房安身立命，腾挪转移尝试各种分类摆放方法，始之以书的内容分类，渐渐按书的大小摆放，起初放在玻璃书柜里，书柜堆满后摆放在书桌乃至地上，散堆乱叠，侵入生活空间。不过，这样"乱"不尽是坏处，偶尔随便翻翻能找到之前许久找不到的书籍，随手拿起一本书阅读，常有意外的收获，算是意外之喜。坐拥书城，既有如何处理这些书的忧愁，也有归隐书丛的欢乐。

　　购书、存书皆因乱而生乐趣，因乱而欢乐购，因乱而随意读。在阅读中常见到这样一幅书房对联"书似青山常乱叠，灯如红豆最相思"，林散之、饶宗颐都写过这样内容的书法作品，据传是纪晓岚的书斋对联，作家陈忠实写过这副对联，题款为纪晓岚诗句，不知征引何处。清代梁绍壬的《两般秋雨盦随笔》里有关于此对联的记载，见于葛秋生书斋，"青山"句，秋生自拟；"红豆"句，则许滇生侍讲所对。古人云，孔子登泰山而小天下，登东山而小鲁。望着青山乱叠的书，高高低低，绵绵延延，如重重叠叠的小山脉，不禁兴起登山之情。

后寨：孤独的风景

一

久处一地，每天机械地重复，很容易产生对单调生活的厌倦，也开始厌倦单调重复的自己，好像每天行走的是另一个人，说着另一套话语。这个由于社会分工体系而形成的角色，似乎快要占据了整个身心，就如卡尔维诺《不存在的骑士》中那位只具有铠甲的骑士，每天勤恳工作往来应酬的只是一个空洞的角色。而那个真实的自己——如果真有这样一个真实的存在的话，只有在孤零零的一个人的夜晚，偶尔仰望碧海青天上那一轮皎月的时候，才能偷偷地显露出来，看看在月光折射中浅露的影子。月亮与六便士，倾心于月亮，可是生活并不总是一个美学空间，伦理空间里需要六便士，需要像我这样的为六便士奉献的人。即便夜晚，一旦走进楼道回到高楼里的一间房子，面对陌生而空荡的房间，那个疑似的自己又开始了机械地洗漱，在空洞的房间里游荡，一切都显得真实不起来。

七月，暑热难耐，幸而有假期，天长日永，百无聊赖，总萌生一股摆脱单调离开这里的冲动，也应该换个环境重新感知自己了。焦作的朋友打来电话说云台山不错，风景秀丽，山水怡人，是个避暑游玩的好去处，迅速就答应了。无论什么地方，只要能离开现实环境就好。由于去时没计划好，朋友还未放假，于是朋友让我先到后寨住几天。从焦作回来，对云台山除了惊叹其美之外便没有其他了，可是对于不怎么好玩的后寨却萦怀良久，心中常常复现那里晴空朗照下的山峰嵯峨与峡谷幽深。

从焦作火车站出发，只需四元的车票，两个小时的路程便到达后寨。后寨是太行山中的一个小站，人烟稀少。网络上说这里是丹河峡谷游览区，有许多游耍之处，到达后却发现很荒芜，只看到不远处一座很大的"丹河峡谷游览区"的广告牌。游人稀少，也许是规划很好但尚未开发，也许是云台山的名气太大，来焦作的游客都直奔云台山，很少到这儿来。朋友说是缺水的缘故，云台山瀑布有时候也会缺水断流。

火车刚到这里，便看到山高壁立，巨石崚嶒，一条幽深的峡谷，惊叹前人是如何在这里修铁路的。甫下火车，发现这个山中小站很静僻，零星的几个游客，几间调度室，有点儿荒凉，或者说有一种时间在这里蔓延的感觉。深暗的铁轨，在山石中延伸到远方，"心如钢铁，任世界荒芜"，不知谁说的，形容这里倒很恰切。一座有些年代的巨大的拱桥横跨峡谷通向对岸，桥下水很少，也不深，对岸有几排两层的农家小楼，是家庭旅馆，由于生意寥落大多关着门，只有一位阿姨到车站拉生意，商量好价钱把行李安顿好，便和朋友在周围转转。农家旅馆上方是个有几十户人家的村落，很小，半小时就和朋友转了一遍。村落少有人烟，大多是留守老人和孩童。村落的南边有几栋废弃的楼房，是一家废弃工厂的生活区，草木丛生，地面湿湿的，青苔肆虐，泛着霉味。这里曾经应该是一座大发电厂或者一处隐藏在山里的重工基地，拱桥两边有很多废弃的厂房，大块的钢铁、机械和岩石锈在一起。这里曾经有过热火朝天的工作场面，多少怀抱火热理想的青年在这里挥洒青春的热血。且不说跨越峡谷的拱桥和工厂是怎样修建的，单单是高山峭壁的山腰矗立的一幢傲人的大烟囱就昭示着人力的可敬。

后来读书，发现当代作家李国文曾被下放到这里参加劳动。"丹河逶迤出山处的平川地带，人烟稠密，物产富饶，自流灌溉，水肥地美，是著名的怀山药、怀生地的重要产地。而顺着河谷，蜿蜒而进，到达只有大白天里公然出没的狼，只有夜里令人心悸的寒号鸟，只有一出门就撞鼻子的大山，只有超负荷的强体力劳动的新线工地，唯见山高坡陡，地寡人稀，荒芜贫瘠，一片凄凉，真是心寒透顶。"可惜并未见到狼，也没有听到寒号鸟，只是一次漫步时山上突然有异物迅速地往下蹿，正惊悸不已，一只兔子近身掠过，要是狼的话可真要没命了。

对于生活在平原从未到过山里见过真正山的我们，这里的一切是那么新奇。我们沿着山路盘山而上，两旁的山就像是放置的两块巨石，有的俨然就是一块大理石，光秃秃的，山脚有些风化的碎岩层才长出几株灌木丛，山顶也许是经历几百上千年的风化才有了一些薄薄的草皮，或青白或苍绿。阿姨说当地人也从未爬过周围的这些山，都是石头怎么爬？只去村子后面相对较低、长满植被的后山，有时去割些山韭菜。我们一路呼喊，一路感叹，在绵延的山谷里呼喊，在既害怕又神往的山顶感慨。怪不得古人言仁者乐山，也只有到山里，在这宏大的空间衬托下才感觉到人的卑微与渺小。"帝力之大，正如吾力之微"，孟德斯鸠的这句感慨应该是在山上写的。登高，尤其是登山，岂能不感慨，望着这起伏踊跃的山脉，巍峨的高山，亘古的时间都绵延在这高山峡谷之间，人生的短暂与孤单，暴露无遗。此时，朋友忍不住对着峡谷对岸高声歌唱："羊啦肚子儿手啦巾哟/三道道格蓝，咱们见格面面容易/哎呀拉话话的难……"是啊，流行歌曲的纠结甜腻不适合这里，粗犷悲凉的信天游才是它的风格：

> 对坝坝那个圪梁梁上那是一个谁
>
> 那就是咱们要命的二妹妹
>
> 二妹妹我在圪梁梁上哥哥你在那个沟
>
> 看见了那个妹子哥哥你就摆一摆手

东山上的那个点灯吆西山上的那个明

一马马那个平川呀瞭不见个人

哎妹妹站在圪梁梁上

哥哥他站在那个沟

想起我的那个那个亲亲呀

想起我的那个亲亲泪满流

二

刚到后寨的时候，开旅馆的阿姨问我来这穷山恶水做什么，我毫不犹豫地说："看山。"阿姨笑吟吟地说："山有啥子好看的，除了石头还是石头。"一开始对阿姨的话并没在意，后来回到平原，别人问我对山里有什么印象，我脱口而出："除了石头还是石头。"《诗经》对泰山的形容不就是"泰山岩岩"吗？由于朋友要继续工作，搭当天的火车回去后，我一个人留在山里，早晨兴奋地顺着山路走，天蒙蒙的，有些晨雾，也许是回荡的山岚。开始还是"山阴道上，目不暇接"，走着走着就有些厌倦，走到哪里都是一个样子，除了山石还是山石，一侧峡谷里水流清浅，一侧山脚下有一些灌木，偶尔路边有几捆砍伐好的灌木，突然一辆摩托车从身边飞驰而过，有些终于见到人的兴奋，同时一阵忐忑袭来。不久有开往沁阳的客车经过，花七元钱买了车票去九渡风景区。不知道为什么叫"九渡"，也许因为这里是九曲回环的渡口，有人说历史上这里曾是兵家必争之地。现在交通发达了，这里便成了旅游景点，是许多电影电视的拍摄地，比如新版《水浒传》中鲁智深聚义的二龙山就是在这里取景拍摄的，比后寨好的是这里确实有过些开发，比如农居旁修建了几座水车。向卖冷饮的小朋友打听这里的情况，小朋友话语中夹带本地方言，说得又快，含糊不清。九渡风景区有三个主要景点：六郎杨延昭在山顶修建的堡垒——六郎寨，有"中原第一堡"的美誉；与丹河峡谷垂直的峡谷，谷口修筑有丹谷关，也叫雁门关，是电视剧《大风歌》中雁门关的拍摄地，里面有个明清时期的村落；然后就是具有"华夏第一洞"之称的神仙洞。丹谷关入口右侧的山坳里有座关帝庙，庙堂里塑着关羽像，身着战袍，红脸长髯，极有精神，两边站着关平、周仓。正堂对面是一座小戏台，戏台旁修有往山上去的石阶，草木葱茏。问戏台边看庙的阿姨上山收门票吗，答曰往庙中功德箱里投五块钱就行了。沿着石阶登山，石阶起初平缓，一旁有浓密的草丛，苍翠湿人衣，再朝上走渐渐陡峭，最后到达了六郎寨，入口处写着"宋营"。不知道杨六郎为什么在山顶修建营地练兵，或许这只是大寨，练兵是在丹谷关内的峡谷中。站在六郎寨可以俯瞰整个峡谷，既可以监督练兵，又可以瞭望敌情。可是我一个人来到这里，突然想起韩东的《有关大雁塔》："有关大雁塔／我们又能知道些什么……我们爬上去／看看四周的风景／然后再下来。"如果登六郎寨要抒发古之幽情，我又能知道些什么呢？不过是登上去看看风景，然后再下来。风景，这个词语很奇妙，通常把"景"字训诂为景况、情景，其实古汉语中"景"为日光，如春和景明。风景，风吹拂着阳光折射到人的眼眸里所看到的景象，甚至风徐徐拂绕阳光玩耍嬉戏，如同流动的音符在你的眼眸那黑白之键上弹奏，秀丽舒缓又热情洋溢。在六郎寨呆坐了两个小时，没有看到任何游人上来，只看到孤独。山上果然是修行的地方，它使人看不到时间，只能望到空间的浩大和自己的渺小短暂，渐渐地与山融为一体，内心无物无挂碍，与山同化，如山间一草。

吴晓东的《孤独的人才能真正发现风景》，阐释了柄谷行人的风景理论："所以柄谷行人说：'风景是和孤独的内心状态紧密联系在一起的。这个人物对无所谓的他人感到了"无我无他"的一体感……只有在对周围外部的东西没有关心的"内在的人"（inner man）那里，风景才能得以发现。风景乃是被无视"外部"的人发现的。'柄谷行人的这个论断很悖论，但是也很深刻：专注于自己内心的人却发现了外部的风景。古今中外的风景游记其实屡屡印证了风景的发现与一个人的孤身旅行之间的特别关联……记忆和印象中最深刻的旅行往往是那种一个人上路的旅行，因为有些孤独，所以感觉就更加敏锐，注意力也能集中于风景之上……而一个人的旅行中，风景其实经常印证的也正是内心的孤独，或者说内心的孤独往往在风景上有一种无形的投射。"这就是风景的心灵化。

这与其说是风景的心灵化，不如说是孤独的人更敏感地专注于自己，更专注于在外部孤独的风景中寻求共鸣，寻求心灵与风景的共融。正因如此，我对后寨久久地怀念着。

流年汲碎

铁瓶盖

有时勾起人回忆的不是什么重大事情，而是小小的物件或者一段插曲。在饭店里开酒遇到铁瓶盖时常常有捡起的冲动，尽管明明知道捡起也没有用，可是记忆随之汹涌而来。小时候总是刻意地寻觅铁瓶盖，甚至会拿其他物件与家里常有酒席的同桌交换。用细铁丝环箍住瓶盖，铁丝的另一端插上一小段细秸秆或者缠上纸，一个类似平底锅的小器皿就制成了，在停电的夜晚，在家中的西屋里，在早自习或晚自习的教室里，把它放在煤油灯或烛火上，内里放一粒玉米粒，嘭的一声，一颗玉米花就成了，几个伙伴在黑暗中围绕着等待着争执着排着队品尝。物质稀缺的时候总是有各种发明，有时瓶盖里会放上白糖或红糖，烛火如豆，夜色氤氲，闻着糖融化后散发的焦香，仿佛糖已含在口中。物质丰裕以后再也没有尝过这样的滋味，再没有体会过这样温馨的氛围。夏季玩泥巴的时候，铁瓶盖也能派上用场，把废弃的蜡放在里面烧熔，用泥巴模仿农村的锅炉匠人烧制铝锅的模子，把小伙伴的玩具用泥巴做成模子，把蜡水倒进泥巴模子，等蜡水凝固后去掉泥巴模子，一个一模一样的玩具就制成了。

往往是这些无关紧要的意象和童年的往事给人带来幸福温暖。

制造离去与制造过去

每次外出都会在包里放很多物品，准备很多书，事后总会发现其中许多物品用不到，许多书根本没有翻开，只是加重了旅行的负担。可是下次出门依旧带很多物品，准备许多书，生怕用的时候因没有而着急，担心有充足的时间却没有书看。读书的时候发现许多学者外出包里都是塞很多书，至于看不看文中没提，萨义德也是如此，并对这种现象做了更深刻细致的分析，他在回忆录《乡关何处》里写道："我每一出门，都随身太多负荷，就是只去市区，包包里塞满的物项之多之大，也和实际路程不成比例。分析之后，我的结论是，我心底暗藏着一股挥之不去的，我可能不会再回原处的预恐。写下那段话以来，我发现，尽管有此恐惧，我还是制造离去的场合，变成自愿给这恐惧提供滋生的机会。这两者似乎成为我生命节奏的绝对必要条件，而且从我生病以来已急遽加强。"由于对自身和周围的厌倦，我们需要不断制造离去，去远方，去体验异质的经验，去更新自我或寻找陌生的经验，同时又害怕与旧氛围完全脱离，像萨义德所体验的那样，心底暗藏一股回不去的恐惧，在远离时尽量带诸多旧物用来怀念，使自己在旅途中不至于完全脱离过去。依恋、厌倦、离开、在途、抵达、怀旧、思乡、归属，害怕厌倦又害怕位移，我们在不断地重复回环。

讲述与欲望

　　午后，长途车上，大家昏昏欲睡。昏昏沉沉之际，脑子仿佛脱离了自己的控制，无意识在讲述着过去，以一个奇怪的小说名字开始，我知道无意识在围绕这个名字追忆过去。到站醒了之后忘却了大半，心里仍念念不忘这个故事，并试图通过记起的部分编织成一个完整的故事，但心里很清楚：这个重新编织的故事只是原版的低模仿，一个赝品。

　　我难以压制这个冲动，尽管我已经回来几天了，渐渐忘记了事，可是在午睡的时候仍存片段的妄念和冲动。我们为了现在而怀念过去，我们在追忆、想象、讲述、编织、发明的过去中怀念，并在回忆的讲述中不断修改、补充、添加过去的故事和情节，同时试图给予过去一种定型的版本和统一的主题。可是现在这一刻总是不断流逝，现在永远是变动不居无法固定的，我们每次的讲述都会随着现在这一刻的改变和需要来不断更改故事和主题，后来发生的事情注定要改变过去的秩序、过去的故事，以至于我无法给予我的故事一个定型的版本，也无法给予过去一个统一的主题——除非时间停止，欲望停止，讲述也随之停止。我们的过去就成为一个故事的迷宫。过去定型的版本如果真的存在，即便有也只是一个理论预设的存在，我们的每一次讲述都最多讲述了其一个碎片。这个碎片诱惑着我们试图通过它去回忆过去的整体存在，就像我们企图通过前朝的青花瓷残片推想出整个王朝的盛景，我们只有在不断地讲述不断地发现中知道并发现我们的过去。这注定是一个不断讲述的过程，我们的过去是一个复数。

也许我应该沉默，就像《看不见的城市》中马可·波罗向元朝可汗讲述了自己经历和想象的所有城市，唯独没有讲述故乡威尼斯。"记忆中的形象一旦被词语固定住，就给抹掉了。"马可·波罗说，"也许，我不愿意全部讲述威尼斯，就是怕一下子失去她。或者，在我讲述其他城市的时候，我已经在一点点失去她。"

也许我们在不断地讲述过去的过程中渐渐失去过去，可是我能接近过去的唯一方法就是不断地讲述。我不能把所有的过去当作不存在——我也不曾存在，如果我能延续到现在，那么我的故事也在延续，在我的有意识和无意识的理解中存在，无论怎样，理解就是一个故事，无论你是讲述还是沉默。

许我向你看

又是清明时节，每每都会想起苏轼的"人生看得几清明"。天朗气清，阳光明媚，和风煦煦下百花怒放，如此朗润景象，又能看得几回。风景是要看的，风景更多时候只是观看的背景，或目光的展现空间，最让人铭篆于心的是观看的人，由看所观照、引起的情思与莫名怅惘。一眼万年，惊鸿一瞥却渴望着千万年都如此刻。

"春日游，杏花吹满头。陌上谁家年少，足风流。妾拟将身嫁与，一生休。纵被无情弃，不能羞。"（韦庄《思帝乡》）丽人春日出游，杏花簌簌如雨，吹落到发髻，拂之还来，这美丽与哀伤并具的落花，是丽人的自喻："似这般花花草草由人恋，生生死死随人愿，便酸酸楚楚无人怨。"恰此时陌路上出现一位风流俊美的少年，由看落花到看翩翩少年到如花美眷，甚至想象将身嫁与，被弃无悔。美好热烈的想象补足了这偶然一瞥的分量。

1046年。暮春。苏州。盘门之南。"凌波不过横塘路，但目送，芳尘去。锦瑟华年谁与度？月桥花院，琐窗朱户，只有春知处。　　飞云冉冉蘅皋暮，彩笔新题断肠句。试问闲愁都几许？一川烟草，满城风絮，梅子黄时雨。"词人贺铸漫步暮春晚景，由景而情，难免有年华流逝青春不再之感慨，一个人未必永远都有豪情壮志，常常会有爱的感伤与遗憾低回于心。恰是那望景之眼的惊鸿一瞥，远方一个女子款款而来，这偶然一瞥——或不是偶然，乃是人生注定的邂逅——给贺铸带来多少遐思遥想，只能目送芳尘远去，目光承载了多少遗憾与缺失，视觉带来的愉悦狂喜转瞬化为一腔惆怅，正如这良辰美景无人赏，琴瑟年华谁与度，怅惘的目光渲染了横塘春色、弥漫了锦瑟年华，人生中恰当的时间恰当的地点又契合天地的观看能遇到几回呢？青春和年华正随时间之流一去不返，时间的焦虑与忧思弥散在春天即将离去的横塘，无法化解。置身横塘的贺铸，仿佛伫立在空茫的天地间，看到逝去的力量穿过身体流过横塘，那无意中的一瞥（女子也许是无意的出现）拯救了此时的贺铸，那女子具有精神的神秘色泽，是贺铸的贝特丽丝，贺铸惆怅的目光从她那里看到了安慰与回环，看到了相遇的神秘；这浩荡时空的缩影——横塘，并不仅仅只有贺铸自己！可这喜悦很快转化为缺失与遗憾，她命运式的偶然出现又注定消逝，走进某个月桥花院，生活在某个琐窗朱户，只有春知道，只有冉冉的飞云知道，她在哪里。彩笔新题断肠句，语言让贺铸把这次相遇再经历一遍，写下的词句把那一次目光的邂逅与暌违凝结成内心永久的意象，在接下来缺失的日子里低回甚至肠断。仅仅是几许闲情吗？这潜意识的缺憾更悲切，让人隐痛。且记住这相遇的时节与相思的氛围，1046年。暮春。苏州。盘门之南。一川烟草。满城风絮。梅子黄时雨。

区别于贺铸的惆怅，是辛弃疾再次发现的惊喜，"众里寻他千百度，蓦然回首，那人却在，灯火阑珊处"。东风夜放花千树，星如雨，宝马雕车，凤箫声动，玉壶光转，这些并不是词人所想看的，只是看的行为背景，目光寻觅的空间。一夜鱼龙舞，疲惫失落，这样的失落乃是人生的常态，也是命运注定的失去与缺憾。可也是目光的偶然一瞥，却是惊鸿照影来，原来灯火阑珊之处，伊人在这冷清的地方，这一瞬间是人生所有惊喜的凝结，是万古的永恒。

无论是贺铸还是辛弃疾，在目光的凝视与寻找之中都展开了意义的想象，那凌波不过横塘路的女子也许就是贺铸一生中所有错过与失落的梦想的化身，那灯火阑珊处的伊人也许就是辛弃疾一生寻觅的心灵精魂的另一个存在。他们的目光在对方那里得到想象的回应。

七十五岁的陆游重游沈园，叹"禹迹寺南，有沈氏小园。四十年前，尝题小词一阕壁间。偶复一到，而园已三易主，读之怅然"。四十年后再来，已看不到过去的沈园。"城上斜阳画角哀，沈园非复旧池台。伤心桥下春波绿，曾是惊鸿照影来。"目光所见已不是过去的境况，"沈园非复旧池台"，一次又一次，沈园已三易其主，壁间小词已漫漶不清，这都是时间一去不返的悲剧，它消磨了理想抱负，反而使内心低回的青春眷恋不断浓重，诗人来此到底渴望遇到什么呢？"偶复一到"，是命运偶然的力量让他来到这个曾经的伤心之处。过去是"红酥手。黄藤酒。满城春色宫墙柳""花近高楼伤客心"，四十年前虽分离但唐婉仍在那里。而现在已不再是过去，沈园不是，自己也不是，再也回不去了。四十年后回眸，所追看的仅仅是四十年前的无奈的目光，四十年间辗转漂泊的牵挂，四十年后的眼眸能看到什么呢？也许岁月沧桑老泪纵横，眼睛早已看不清明，心中牵挂的情影也早已日渐模糊，只有那桥下春波还记得四十年前她惊鸿一瞥的样子。伤心桥下春波绿，曾是惊鸿照影来。失落的目光转向春水，西风愁起绿波间，绿波无语。

看，是一种渴望的痴狂，赖声川的《暗恋桃花源》中有段插曲——病床上，垂危的江滨柳怀念云之凡时响起的一段音乐，特别感人，20世纪30年代的上海风格加上变幻莫测的感伤语调，"许我向你看，向你看，多看一眼"。看，是怎样一种难以命名又难以描绘清晰的感觉。看是一种温暖的欲望，看是一种平和光芒的给予，不同于强烈的曝光，但它同样渴望着回应，这目光在对方那里得到确认，在内心回环，抵消了那些线性流逝的一去不返带来的焦虑与感伤。有时候被拒绝回应被无视的看也是一种感伤，《湘夫人》说："帝子降兮北渚，目眇眇兮愁予，袅袅兮秋风，洞庭波兮木叶下。"看的兴奋快乐由于无法得到进一步细致明察或回应而渐变成惆怅，于是把目光推向周围的秋风木叶洞庭水波。看—看到，是一种幸运，看—看不到，是一种缺失的遗憾。有人说，眼睛是五官中最纯净的，看给予对象以光芒来照亮对象并给对象以存在的空间。

看，有时候也是一种治疗。"你看着我，便是治疗我。"

读书札记：开封三题

只有离开一个地方才会真切明白一个地方的好处，才会真正的思念。远离之后生活在异质的环境里，体味到异样，才会开始时时念叨过去，直至把过去或某个地方叙事成一个神话，把念叨变成一种回忆的仪式。

读中华书局"新编文史笔记丛书"，由各省市区文史馆编选民国时期的地方轶闻，有两册是关于河南的——《中州轶闻》和《中州钩沉》，记载了许多关于当时的河南省城开封的人和事，读来甚是亲切，其中有几点颇有自己的感受，遂记述如下。

开封之城

记得第一次去开封，一进开封城区家人就说怎么这么破，还不如咱们县城，不是宋朝首都吗？见多识广、去过很多城市的老爸打圆场说："这可能是郊区吧。"下车问了交警河南大学明伦校区的方向，一路开车驶来，依旧是郊区模样，甚至有的地方像个小镇子，最有意思的是由车窗望去，有许多只有古装电视剧里才会见到的店招，还有许多有意思的店名，如"人生终点站""天堂第一站""孙大圣响器团"等白事用品店铺，厚死重生的传统观念在这里形象具体地展现着。在开封老城区生活了几年，一直调侃是"从郊区到郊区"，一直不知道怎么定位这么一座现代化时代的古老城市。后来读到耿占春先生的诗《是的，开封》，精致地写出了对开封从辉煌到没落变迁的复杂心态和生活其中的个人依恋情怀："比如开封，一个只有郊区的城是存在的……开封是一个合适的地名/你让我注意这个城春秋时叫'启封'/启拓封疆？我无所作为，我更喜欢/启封你的信，或听见脚步声就把门打开"。这里本是春秋时郑庄公启拓封疆所建立的一座城池，因此命名"启封"，战国发展成为魏国都城大梁，启封这个名字仍沿用，如《云梦秦简大事记》载："秦昭王二十二年，攻启封。"汉初因避讳汉景帝刘启的讳，改"启封"为"开封"，沿用至今。随着历史变迁朝代更迭，开封又被称为"汴州""汴京""东京""祥符"等，开封这个名字流传最广。开封，启拓封疆，一个大有作为、大气磅礴的名字；开封，打开信封，"复恐匆匆说不尽，行人临行又开封"，一个柔情缱绻充满想象的动作。

"我无所作为，更喜欢启封你的信，或听见脚步声就把门打开。"（《是的，开封》）

沙城之名

在开封常常听学长们说："开封一年只刮一次风，从年头刮到年尾。"开封确实风大、风久、风沙多，每次刮起风，尘沙飞扬，蒙蒙扑面，依稀鸿蒙天地，仿佛混沌未开。在《中州轶闻》中看了民国时期的河大校友刘家骥的《沙城》才知道，原来开封还有沙城之称：

> 开封北临黄河，经历过多次决堤的灾难。道光二十一年（1841）水淹全城，城内水深丈余，只剩铁塔、龙亭等少数高层建筑孤立于浊浪之上……登城四望，惟见瀚海茫茫，稍有风起，便飞沙弥漫，故有"沙城"之称。

1947年12月，作家苏金伞、于赓虞、李蕤、曹靖华、师陀等在此创办的一家文学刊物，即名《沙城文艺》。

看来当时沙城这个名字已经广为流传，当时的进步作家似有调侃之意。刘家骥先生接着以自己的亲身经历来印证沙城这个名字："1937年春，我在开封第一初中读书。某日上午，忽起大风，霎时间，黄沙铺天盖地而来，一片昏暗，学生无法上课，路人无法行走，市内电灯虽一齐开闸，亦仅微光一点而已。这天，商店皆关门，只有卖风镜的店铺，生意特别兴隆。""沙城之名，诚不虚也。"

旧时遗迹

　　开封有历史文化名城、八朝古都之称，但历史上黄河多次泛滥把开封城吞没，形成许多地下城，所以除了后来仿建的古建筑、晚近的清代和民国建筑，地面遗存的历史建筑不多，主要是繁塔和铁塔，历经千年见证兴衰如烟雨。1923年，康有为游览开封，写诗云："远观高寒挽汴州，繁台铁塔与云浮；万家无树无宫阙，但有黄河滚滚流。"开封人的生活习惯和用语仍有古风，让人遐想当年。一位诗人在《东京梦华录补遗》中感怀："难以想象李清照青春美貌的时刻她所漫步的这个城市是什么样子。一个城市沉浸于夜色时分分享着她优雅的欲望。"

　　开封的许多地名仍让人联想起过去的繁盛与威仪，如演武厅、明伦街、双龙巷等，这些地名让人很容易明白其意。可有一些地名即便老开封或者不乏历史知识的硕学之士也难道出缘由，如我在开封上学时常常从明伦街到鼓楼地区的书店街，中间有东司门、西司门、北道门等地，一直不明白这里曾经是什么地方。读《中州轶闻》中《封印过春节》一文时豁然开朗："清末开封官衙甚多。有祥符县署、知府衙门，有东司（即藩台，掌财政）、西司（即臬台，管司法），有南道（即河道道台）、北道（即粮运道台，民国初年改为劝业道，旋改为实业道），还有品级更高的巡抚衙门。"东司门、西司门和北道门等地方原来是清代的藩台、臬台和粮运道台的办公地，掌管着财政、司法和粮运。

生活的糖纸和瓜子壳

我珍爱过你
像小时候珍爱一颗黑糖球
舔一口
马上用糖纸包上
再舔一口
舔得越来越慢
包得越来越快
现在　只剩下我和糖纸了
我必须忍住：忧伤

——娜夜《生活》

杨绛说，诗歌并不需要记背，好诗读了一遍就记住了。娜夜的这首《生活》，第一次阅读是在一篇诗学论文中，它如一股徐来清风，吹散了阅读论文的枯燥，也把我带回了童年世界。这种细节的主题化形式在诗歌中很常见，关键在于诗人是否对细节看得准、探得深，切入生活的内景。娜夜把孩童对糖球的珍惜和依恋这一细节，叙述展开在"生活"这一严肃宏大的主题语境下，引人思考生活的空有感以及这种空有感带来的难以自禁的忧伤。

我们曾经珍爱过生活，珍爱过它的甜美、温暖、和煦、易逝。当生活褪去童年氛围，经过一番时间祛魅，慢慢展露它粗糙残酷的面相，此时回望，只剩下对过去的回忆，或者对过去的想象，我们所做的就是必须忍住忧伤，坚韧地走下去，去感受它的多样性和复杂性。

小时候吃糖，由于物质匮乏，糖不易得，往往会保留糖纸。糖纸上往往印着美丽的花朵或者《西游记》人物，精美的图画和故事引人遐想，忘记此时此地的匮乏，值得珍藏。把糖纸夹在课本里，这课本里夹着一片树叶，也夹着几张零钱。技术水平高的同学可以在晚自习的蜡烛上，将铅笔刀刀片烤热，把红热的刀片平整地熨按在糖纸的图案上，再平整地印按在书页上，就像早期的热转印机，糖纸上的图案就印在了书页上。偶尔回看老课本，猛然见到这样的图案总是很惊心，错愕于时间流逝之快、世界变化之大。

有一部名叫《49 未知天命》（49 Up）的英国纪录片，导演从 1964 年开始追拍来自不同阶层的 14 个 7 岁的孩子，每隔 7 年重访一次，2012 年播出时这些孩子已经 56 岁，无论阶层、贫富、后来发展如何，这些人都从意气风发充满幻想，逐渐头秃体胖，眼睛里没有了憧憬。刘瑜在《记得当年草上飞》一文中如此评论这部纪录片中的人物："梦想的浓雾散去之后，裸露出来的是苍莽时间里有去无回的人。"

同样感觉也来自翻看旧照片，油菜花丛中的红衣少年，似乎还快乐地生活在那个属于他自己的世界，和现在这个爱追忆的成年人毫无关联。许多人喜爱自拍，拍下许许多多瞬间，就是怕世界流逝太快。过去人们一年才照一次照片，时光走得慢，而今无时无刻不在拍照，是怕时光走得太快，内心的自我意识改变的幅度太大，在时光中没有存在感。许多人人未老去，却抵不住生活环境、用具等更新换代过快，世界恍惚间就从"大哥大"时代过渡到了苹果6时代。我们还来不及忧伤，忧伤已经忧伤在忧伤的河流里了。

这些照片又能挽留住什么呢？使精神的丝缕还牵绕着已逝的时光还有多少意思，"照片这东西不过是生命的碎壳；纷纷的岁月已过去，瓜子仁一粒粒咽了下去，滋味各人自己知道，留给大家看的唯有那满地狼藉的黑白的瓜子壳"。很多人喜欢照相，希望用一纸照片记录自己逝去的流年光华。殊不知，照片能够抓拍的只是瞬间的形，而其中的神——生命的况味，却只能结集在自己心中千回百转。张爱玲在小说《连环套》里借瓜子壳和瓜子仁之说，深入浅出地点明了照片对于生命的附丽。

这些生命的附丽物，生活留下的吉光片羽，召唤着回忆，召唤着思考，如果沉溺于这些"瓜子壳"，则会陷入感情的泥淖不可自拔，所以我们必须忍住忧伤。

你还很年轻

　　微博上，"1988 年出生的中年女子"、赵雷称母亲"34 岁老来得子"成为热搜，人们还没来得及惊呼 29 岁已是中年女子，34 岁就已经老了。确实有很多年轻人自嘲已老、感叹年老，呈现出沉沉暮气，成为"老去的年轻人"。

　　诚然，时光流逝很快，就像《黄侃日记》中所写："莫谓年少，转眼壮老矣。"比之过去人感叹年光流逝之速，当代人除了时光催人老之外，更多一层困扰，那就是代际更迭过快。如人生代际，一般十年一个更新，甚至三年就有代沟，"80后"还没有褪去年轻的光环，"00 后"就已经结婚生子；另外就是环境和物质体系迭代太迅速，尤其是城市迅速扩张和电子产品更迭，导致环境不再是物是人非而是物非人是；电子产品几乎一年一迭代，人们所使用的物质体系老得太快，当你还在谈论诺基亚的结实耐用时，一抬眼周围尽是苹果 6 了，怎能不感慨你和物质体系一样老？总之一句话，不是时间催人老，而是环境变得太快，物质更新得太快。时代因素改写着我们对时间的感受，就如文章开始，新闻已经不顾他人感受和生物学定义，称1988年出生的女子已是中年、34岁的母亲已是老年。面对和你成长环境完全不一样的新人类"00后"，又怎能不感慨？

许多年轻人也自甘老去，面对生活的艰辛、未来的迷茫，青春还没有绽放其强劲，他们便匆匆伪装成"保温杯泡枸杞"的中年人，假模假样地追忆似水年华。这样的电影、小说俯拾即是，只要你开始有这样的小感怀，文化工业就会给你需要的语言词汇以及电影故事，让它泛滥成灾。

每当看到"老"这类字眼，总让我想起大学时的一段经历。读大学，除了读书和学习课堂知识，大学里的人文氛围、教授风度也往往是一道可读的风景。许多课堂知识都已风过马耳了，那次偶然的际遇却经常在心头回荡。

大概是一年的教师节，我徒步走过大礼堂。大礼堂前面的台基上有许多老教授，好像是为纪念什么而进行集体拍照，他们那代人很重视拍集体照这样的仪式。台基旁边的路上，有三个老教授，两个老态龙钟者在对另一个老人叙说些什么。那个老人头发全白，矍铄有神，穿着一身蓝色中山装，挂着拐杖。我走到他们身边时，他们正对那个老人说："你还很年轻，还有很多时间和精力，多写些东西。"我当时一惊，打量这位"年轻的老人"，他不就是历史学院的郑慧生教授吗？前天我还在一个关于甲骨文的纪录片里看见过他。"'自'就是指鼻子，指着自己的鼻子说，你说'我'的时候是不是指着你的鼻子?"他在采访中声情并茂地说。

　　向历史学院的同学一打听,他当时已78岁了。早年在山里中学教书,"文革"时曾就《汉字音韵学》与王力先生通信,凭借超强的自学能力,1978年考上开封师范学院(河南大学的前身)研究生时已经45岁,头发花白,被很多研究生同学误以为是研究生导师。后来留校,孜孜矻矻研究和教学了一辈子。

　　人文学者容易得到岁月的襄助,把自己活成一道值得阅读的风景。一个有才华有毅力的学者,经历得多,阅读得多,颇显得有些风骨。2014年,这位被称为"老顽童"的教授去世后,他的很多学生和同事都写文章纪念他。

　　且不说老骥伏枥志在千里和焚膏继晷这类格言,仅仅这一偶然际遇就让我明白了年轻的含义。毕业时去学校出版社的至善书局买书,其中一本是郑慧生教授的《汉字结构解析》,一方面自己从事文字工作需要了解汉字结构,这本书很有用,另一方面借此来纪念这位仅有一面之缘的老教授。

家乡的庙会

历史上有许多有名的庙会，如汴京的大相国寺庙会、南京的夫子庙庙会、杭州的昭庆寺庙会、苏州的玄妙观庙会等，在一定的世俗节气节日或者宗教节日，上香祈福、春游秋赏、购物消遣，甚至情人相会，人物辐辏，热闹非凡，很难想象当时的场景。古人的空间世界常以寺庙为中心来建构，以自然时间的循环往复为节奏，所以古人的娱乐消遣时间不是在自然的节气，就是在宗教的节日。

我的家乡豫东乡村，童年的时候，也有两个重要的"会"，乡人叫"赶会"，阳春的三月十八会和初秋的九月二十八会。那时候已无庙，唱戏依旧。

当时，商店不多，平常集市上商品也不全，而这两个大"会"期间各种农具、百货、娱乐、小吃应有尽有。集会以戏台为中心，戏台周围是卖各种小吃零食的，外围是商品百货区，最外围是牛马市和停车处。还有零星几个剃头挑子，或摆在入口处的停车区，人来人走的时候剃个光头或板寸，加个老式按摩，神清气爽；或摆在戏台周围的空地上，剃头师傅边剃头边和客人聊戏或方圆掌故，两不耽误。现在还有歇后语：剃头挑子一头热，指一厢情愿，一方瞎热心，另一方并不领情。

由于是大集会，时间也比较恰当，春会三月十八正是麦收前的清闲和准备时期，当时农业尚未机械化，年初外出打工的农民基本也都回乡准备收割麦子了，趁着集会买买麦收的农具，和家人团聚欢乐，会会亲朋；秋会九月二十八，秋收业已结束，正是忙碌后的休息时期，进城务工的农民也要离开了，趁此集会，和家人庆祝丰收，天高气爽，云淡风轻，悠悠地逛逛会听听戏，消歇半年的劳累。红男绿女相对象，家长、媒妁谈婚嫁，年底的婚事大部分是这时候谈定的。会是一年中的大事，许多天前大人们就拜会亲朋商量赶会，小孩们憧憬已久只等学校放假，有拖拉机或三轮车载着几家人一起去，没有车的骑自行车带着孩子一块去，有的人家直接步行去，一群人有说有笑斜穿已经收割完庄稼光秃秃的农田，反而比骑车者到得更早，也有那小脚的老奶奶精神矍铄，不甘落后地移着脚步。大路上、田野里，络绎不绝，说笑声、熟人见面打招呼声、小孩啼哭声不绝如缕。偶尔能看到远处田野小路上红男绿女正相亲，不用问，两个陌生的年轻人见面一定会互称老表，为什么？因为"南京到北京，老表是官称"。

三月十八会兴盛的那些年，我还在读小学，我家是和亲戚家一块雄赳赳地开着拖拉机去的。当时还小，只记得人很多，路边的杨树哗哗如雨声，烧饼很香，还有金灿灿的卤肉。九月二十八会兴盛的时候，我正好在集镇上读中学，学校比较开明，每天上完一、二节课就放假让师生们逛会听戏，晚自习照常。熟悉的吃食有水煎包、肉盒子饼，还有炸面筋、豌豆糕以及一些已叫不出名的风味。吃饱喝足就要听戏了，听戏这个词真准，真正在戏台前看戏的人很少，只是一些老人，大部分人是分散在集会中边干其他事情边听戏，反正唱声由音响扩散覆盖方圆几里，演的也都是年年岁岁都相似的那几部老戏。我和几个同学，大部分时间都是在集市上走来走去，看看这看看那，有食欲了就买些小吃，或者趁剧团不注意，爬上后台看演员化妆卸妆。有一次顺台柱爬到舞台边，正演《铡美案》韩琦自杀那段，只见韩琦把刀往脖子那儿一横，嘭一声倒下，落在眼前，震得舞台木板颤抖，一瞬间好似亲临其境，突然觉得很悲凉，人就这么死了，真是死去元知万事空。可一会儿幕布拉了过来，那演员待幕布遮住自己后站起来拍拍身上的灰尘走了，倒也诙谐。戏班发现后，把一堆爬上戏台的小子赶下去，我就开始了每天必有的"正事"，在戏台下的赌摊押几把骰子。赌摊比较简单，规矩一看就会，摊子上设置从一至六共六个格子，摊主晃三个骰子开局，把钱押向六个格子，开局的有哪个格子的数字，摊子照数赔钱。如果没有押中，钱归摊主。简单明白，都没法作弊，全凭运气。当时运气不错，能赢几个烧饼钱，好的话还能美美地吃一个肉盒子饼。后来读《阿Q正传》，对阿Q在戏台下面赌钱那段感到特别熟悉特别流连。

后来离开了乡里，负笈求学于城市，辗转又在城里工作，很是怀念当时的赶会，再回不去那样的时光。前几天又是农历九月二十八，一个朋友因事回到乡下赶上了这次会，不用猜也知道现在的会绝没有过去热闹。现在的乡村破败、空洞，只有些老人孩子，也不稀罕看戏逛集市了。朋友回来后一见面就四个字："鸟会，没劲。"鸟会，当然不是有很多鸟，想必是《水浒传》中鲁智深"嘴里淡出鸟来"的鸟。淡，没味，没劲。

城镇化的今天，我们已经长大，即便是在没有普及城镇化的地方，人们的内心也早已城镇化了，成长于乡野的一代人，这些记忆正逐渐消逝。

童年游戏

时间的篇章已然翻到了 2016 年，回想自己经历的三个十年，2000 年代是那样仓促，2010 年代则充满了茫然，只有1990 年代追想起是如此悠长绵密，也许因它和童年编织在了一起。20 世纪 90 年代时间内涵里有童年的气质，有麦田青草味，有河野的泥鳅，有细雨天烟囱中冉冉升起的柴烟。90 年代，这个刚逝去不久的"从前"，真的像木心所说："从前的日色变得慢/车、马、邮件都慢。"进入新世纪，一切都在飞速发展、膨胀、碰撞，生活节奏越来越快，物质越来越丰富，生活中的时间内涵却越来越淡薄、单调，贫乏得只剩下钟表的概念。时间正在变成均质的、纯粹线性流失的刻度。

90 年代正是我的童年，我对 90 年代的认知和情感很多都附丽在童年玩耍的游戏上。那时小学课业不多，可以说几乎没有什么学习负担，每天有大把大把的空余时间，除了通行的跳皮筋、踢毽子和丢沙包游戏，还有碰洋车（即两个同学并排牵手成一线，第三个同学一只腿跨上去，这样就成了一车，与另外三个同学的车进行碰撞）、崩弹珠（既玻璃球，村言叫琉璃蛋子，以远距离用手弹出射中另一个玻璃球为赢）、摔四角（很多地方又称作"方包"，即用书页纸叠成正方体，呈四角状，两小儿一人置四角于地，另一孩童拿着自己的四角狠狠朝它摔或掀，以让地上的四角翻面儿为赢）。

教室里的游戏主要以折纸类和棋牌类为主。用书页折纸枪、纸船、纸塔和纸菠萝，也折纸鹤，用细丝线把折好的纸鹤穿起可作门帘。棋类游戏也有几种，通常在课桌上或教室后面的空地上玩，一种适合上自习课时和同桌一起玩，叫"定杠三斜"，在课桌上或纸上画一个三竖六横的长方块棋盘，用纸团或细棍做棋子，如果一方的三枚棋子连成一横或者斜成一撇，就可以拿掉对方的一枚棋子，以让对方无子可走为赢。第二种棋名叫"炮打日本兵"，画一幅六横六竖的正方形棋盘，一方摆满三排棋子作兵，另一方用两枚棋子作炮，游戏规则是炮可以隔着一个空格打掉一个兵，或以兵堵得炮无路可走为赢，或以炮把兵打得只剩下五个以内为赢。第三种棋名叫地棋，是"定杠三斜"的复杂升级版，不只孩子，村里的老年人也常玩这种棋。在地上画一幅六横六竖的棋盘，双方以纸团或树棍、竹叶为棋子，棋子斜着摆成一排或横着摆成一排都可拿掉对方的一枚棋子，以对方无子可走为赢。第四种棋叫刀棋，只适合小孩子在雨过天晴后的泥地上玩。雨后初霁，土地湿润而不稀黏，两小儿用小刀在地上各画一方块，一方用刀像打飞镖一样点中对方的小方块，即可用刀挑起对方方块内的土面，如果挑起的土超出方格线就算输，如果刀落到方格外或者插到对方已经被挑起的土内也算输，以把对方方格内的土面挑干净为赢。其他常玩的棋类游戏还有等级森严的军棋以及动物棋。动物棋和军棋类似，动物分象、狮、虎、豹、狼、狗、猫、鼠，大动物可以吃小的，最小的老鼠可以吃掉大象。牌类游戏除了常见的扑克外，还有自己制作的纸牌，这有点儿像今天的三国杀桌游，纸牌中有法官、刑警、证人、判官、警察、小偷等角色，刑警负责猜出小偷是谁；如果证人愿意作证，判官就可以判罚是打手还是揪耳朵了，最终法官同意即可执行，惩罚的轻重则由执行人警察说了算。此游戏模仿成人世界的审案，既考量孩子之间的亲密关系，也权衡各自的变通能力。

户外游戏随自然节气的变化而变化。春节刚过，大地回春，那是适合放风筝、孔明灯的季节，有钱的孩子到集市上买，有心的孩子则自己在家削竹篾糊棉纸做，大家拿着各自的风筝在麦田里奔跑着，看谁的风筝先升上天，看谁的风筝飞得高。晚上则放孔明灯，和今天的许愿灯差不多，用棉花浸蜡烛油凝结，安在用纸板做的底座上，底座衔接在塑料袋的两个提手处，孔明灯即制作好了。晚上放飞后，几个小朋友追逐着冉冉升空的孔明灯，仰望星空。

天气再回暖，我们便蹿上树折些椿树的嫩枝，每人采集一大把，然后相互敲，看谁采的椿树条硬，赢得彩头，敲断即扔，敲剩下的拿回家加工加工，通常就是埋在地下封闭一段时日，或微微在灶膛里烤一下，使之瘦硬，以备下次挑战，谓之"撅麻条"。这种游戏在古典诗词中有一个优雅的名字——斗草，我们玩的是斗草游戏里武斗的一种。

春夏之间，对我来说还有一个很有劲儿的游戏就是放羊，文学作品中常常把放羊写得很孤独很苦，我从来没有这样的感觉。下午放学回家将书包一扔，就和小伙伴一人牵一只羊朝田野、河边跑去，或许是古装剧看多了，常常会骑在羊身上策羊奔腾笑傲江湖，等羊吃饱了就将其拴在树桩上，然后跑进麦田在齐腰深的麦丛中打滚捉迷藏，或者到河边打水漂，看谁打起的水漂多。夏天是捉鱼的好季节，可惜我水性不好，很少下河游泳，更别提去河里摸鱼了，只能在岸上跟着拣大人们扔上岸的鱼。

秋收过后适合带着狗捉兔子，我更爱捉蛐蛐和蝈蝈，月光如银，听它们的演奏，或合唱或独鸣。蛐蛐，学名蟋蟀，老家人称呼为秃呆子或小秃，秸秆垛、草丛都是它们的家；蝈蝈叫声更优美响亮，家乡称为"油子"，比较稀少难逮，常隐蔽在豆秧深处。至于蚂蚱，除了逮来吃，真是了无趣味，常听大人们说蚂蚱也叫蝗虫，早时候有蝗灾，铺天盖地的，莫言的小说中有这样的描述，家乡的文史资料中也有一星半爪的记载，大批蝗虫抱团成一个柱子，翻滚着渡过大河。

秋天天气干燥，当时乡下没有水泥路，只有泥土路，长时期不下雨，土地干燥皴裂，又经车辆碾压，路上黄尘飞扬，一群孩子分作两队，找来小塑料袋装满黄土扔出去当炸弹，用纸叠的手枪做武器，以胡同、树林为根据地，来一场酣畅淋漓的战斗。

冬天最适合推圈或打陀螺。现在很多人不明白推圈有什么乐趣，一个铁圈，一根一端带钩的木棍，用木棍推着竖立的铁圈在路上滚，当是对孩子平衡力和耐心的锻炼。

陀螺这种游戏由来已久，刘侗在《帝京景物略》中把它安排在春季，歌谣曰："杨柳儿活，抽陀螺。"注释说："陀螺者，木制如小空钟，中实而无柄，绕以鞭之绳而无竹尺。卓于地，急掣其鞭，一掣，陀螺则转，无声也。视其缓而鞭之，转转无复住。"我们那时玩的陀螺，除了木制的之外，还有另一种做法，找一个圆锥形的墨水瓶，瓶口放一玻璃球，外围用沥青包敷。用鞭子抽打时，墨水瓶发出溜溜的声响。现代作家周作人的《陀螺序》中这样写陀螺游戏的乐趣："这样的玩，不但得到了游戏的三昧，并且也得到了艺术的化境。这种忘我也造作或享受之快乐几乎具有宗教的高上意义，与时时处处拘囚于小主观的风雅大相悬殊。"

90 年代的游戏较少关涉当代工业制造的儿童玩具，它们更让儿童接近泥土接近自然，用自己的双手创造玩具，获得感情上的愉悦和智识上的趣味。比之工业制造的玩具，其更具有个人风格，这些游戏让我的 90 年代更具个人风格。它们作为童年记忆，在今后的时光里将成为我许许多多温暖的意象和回忆。

板栗唤起少年梦

一

先是在街路上闻到细细缕缕的桂花香，接着是洋洋洒洒几天的秋雨，秋天便坦然而至，尽管随后天气晴朗，但已是秋风瑟瑟秋声飒飒了。伴随时令转换，一些岁时风物也随黄叶秋声涌现了。

秋冬时节，最让人嘴馋的是糖炒栗子。秋寒中步行到路边街角，买一包糖炒栗子，一定要趁热吃，刚炒的栗子，内仁和外壳贴得正紧，不粘栗瓤，外壳酥焦易剥。拣起一颗，热乎乎的，用拇指在栗壳上轻轻挤压，啪一声，鲜黄的栗子就跳出来了，吃起来甘甜细腻，齿颊留香。栗子吃法史中最有名的是苏辙的生吃疗疾，《服栗》诗云："老去日添腰脚病，山翁服栗旧传方。经霜斧刃全金气，伸手丹田借火光。入口锵鸣初未熟，低头咀嚼不容忙。客来为说晨兴晚，三咽徐收白玉浆。"

南宋诗人陆游对栗子情有独钟，栗子常出没于他的诗中："丰岁鸡豚贱，霜天柿栗稠"（《随意》）、"开皱紫栗如拳大，带叶黄柑染袖香"（《病中遣怀》）、"地炉燔栗美刍豢，石鼎烹茶当醪醴"（《闻王嘉叟讣报有作》）、"石鼎烹茶火煨栗，主人坦率客情真"（《昼寝梦》）。栗子不仅化入陆游的诗中，也飘散在他的人生回忆里。

夜食炒栗有感

齿根浮动叹吾衰，山栗炮燔疗夜饥。
唤起少年京华梦，和宁门外早朝来。

诗后有自注："漏舍待朝，朝士往往食此。"年华老去的陆游齿根浮动，孤独的夜里炮燔山栗疗饥，伴着煦暖的火光，想起了少年客京华的那段时光，自己是怎样的指点江山挥斥方遒，温馨的旧时光凝结在小小的栗子上。

栗子不仅铭记着陆游的青年时光，也寄托着他的山河之梦，他的《老学庵笔记》中有这么一则记载：

故都李和炒栗，名闻四方。他人百计效之，终不可及。绍兴中，陈福公及钱上阁恺出使虏庭，至燕山，忽有两人持炒栗各十裹来献，三节人亦人得一裹，自赞曰："李和儿也。"挥涕而去。

北宋首都开封，李和儿炒栗遐迩闻名，山河沦陷后，李和儿流落燕山，在路途遇到南宋朝廷的使臣，怎能不生感慨。虽然时代不同，隔着千年时光，但这个凄婉的故事，让人真切感受到了宋人对故国山河的思念和心碎。

二

灯下剥栗子，"唤起少年京辇梦"。我在陆游魂牵梦萦的故都、李和儿炒栗的开封上大学，书店街口有几家制售糖炒栗子的店铺，仿古招牌，旗幌斜插在门口，金黄缎面上绣着四个大字：糖炒栗子，店里一口大锅翻炒着栗子，远远地飘来温暖的栗子气息，店门口的桌子上摆着一大簸箩炒熟的栗子，上面覆盖着白色薄棉被。店门口常常排起长队，老板一边熟练地称板栗一边吆喝着："糖炒栗子，二十一斤，买一斤送半斤喽。"如果有惯偷靠过来打客人的主意，老板还会加一句："防火防盗，小心钱包。"游逛到此，常常会买一包栗子，回宿舍看书之余吃些栗子，稍稍疗饥，这样的日子后来追忆真是如梦幻。

读书时爱吃栗子，在书中也读到不少关于栗子的文章。汪曾祺《栗子》一篇讲了诸多栗子的吃法，尤其他父亲"曾用白糖煨栗子，加桂花，甚美"。知堂散文《炒栗子》中引述的郝兰皋《晒书堂笔录》中的《炒栗》一则让我记忆很深：

　　余幼时自塾晚归，闻街头唤炒栗声，舌本流津，买之盈袖，恣意咀嚼，其栗殊小而壳薄，中实充满，炒用糖膏则壳极柔脆，手微剥之，壳肉易离而皮膜不粘，意甚快也。及来京师，见市肆门外置柴锅，一人向火，一人坐高凳子上，操长柄铁勺频搅之令匀遍。其栗稍大，而炒制之法，和以濡糖，藉以粗沙亦如余幼时所见，而甜美过之，都市衔鬻，相染成风，盘饤间称佳味矣。

虽然不知郝懿行何许人也，但是这则关于炒栗的记录，真是清新可人，古人未远，方寸之间心有戚戚。有时会大胆遐思，当年李和儿炒栗就在开封，那么我在开封吃到的糖炒栗子是否就是李和儿的古法炒栗呢？

短章五则

佛有五眼

佛教经典中说佛有五眼，代表五种不同的思维境界，分别是天眼、佛眼、法眼、慧眼（一说心眼）、肉眼。眼，一种观察和思维的境界、角度、方式，眼界——眼所可能见的界限，也常常用来指一个人的心智能力与精神所及，俗语夸一个人精明也常说心眼多、眼光高，成语有慧眼识珠，神话中的杨戬之所以超凡入圣是因为他有第三只眼。人有双眼以视，也会有诸多"心眼"来观察思考，这些"心眼"往往受自身的生活环境、性格情绪、思考方式、物质利益等影响，睚眦必报往往被说成小心眼，过分精明往往被说成心眼多，会让人避而远之。有五眼阔达境界的佛常常慈悲凡人的"小心眼"、小境界，故授予佛法精义来豁人眼目。法无贵贱，道不远人，我们也需要多种"眼"来体会不同的经验，达到不同的境界，换不同的眼光观察世界和景物，除了需要天眼、法眼、慧眼之外，我们还需要东方之眼、西方之眼、孔子之眼、杜甫之眼、鲁迅之眼、尼采之眼、风之眼、水之眼、山之眼……

忙碌

忙碌是一种状态，有些人借以显示自己的重要，有些人借以逃避自己的无聊，就内心而言，忙碌是用身体的忙碌和对身份重要性的强调来逃避内心，是一种清醒的遗忘。借忙碌来充实时间，避免去想悲伤或遗憾的事情。忙碌常常链接着另一个词——碌碌无为，或者庸碌，平庸地忙碌。从词源上考察，忙碌是一个定中结构，忙修饰着碌，碌就是碌碡，是农村用来碾轧的石磙，忙得像碌碡一样团团转，像蒙着眼拉磨的驴一样转着圈，而不进入内心。

恍惚

恍惚是一种神思的迷离和精神的慌乱。恍惚是中断，对周围世界或者表象世界持续意识的中断，对线性时间的偏离和解散。对持续意识的偏离，使我们恍兮惚兮地脱离现实世界和现在时刻，脱开理性意识的束缚进入无意识，是偏离理性超我走向无意识自我，偏离表象走进景深，其至进入某种迷狂，进去他人的身份，或者被某种神秘附体，就像《老子》

中的"道之为物，惟恍惚"，进入道的境界。

无处起兴

面对那些琐碎而无聊的时间常常会有一种恐惧感，对空白的恐惧。心里浮浮躁躁，似乎有许多话要说要写，只是缺乏一个写作的理由、写作的对象，甚至缺乏一个起兴。在琐碎的时间里激起的只是琐碎，片段无以成章。需要对这种无聊状态予以关注，它有时似乎特别空无。当你突然意识到有一个不长也不短的时间面临空档的时候，虚无猝然而至，好像时间停顿，你茫然于此刻，不知今夕何夕此地何处。有时候无聊又是一种坚硬的状态，刺碎你完整的时间板块、完整的时间计划，露出坚硬的缝隙，甚至过去某个瞬息突然从缝隙中冒出，突然降临，让你不能无视，如鲠在喉，又不能正视，它翩然而逝，无法捕捉。

岁月忽无言

岁月忽无言，这是两年前的命题。面对有些事务，不知道说什么，突然失语了。一说便假，一说便俗，一说便失去你想要表达之物。现实有它强大的规则，存在即理由，文学性的语言完全被挤进了想象领域，文学是能指的世界，你所钟爱的美好词语都是"fioating signifiers（浮动能指）"，是能指的不断随想象漂移，所指在不断延宕，甚至其本身就是空阙。现实的一些负面情感、一些美好的诗意，甚至一些好的理念遇到现实都破碎了，都被贬谪到想象域、能指的世界，流放到内心。文学所培养的敏感性是造成一个人不良感受的连续来源，需要不断寻觅意义的替代物。

在午后

午后醒来，房间是如此宁静，仿佛一切都静止了。此刻，时间也停止了，或者说意识里此刻根本没有时间的概念，在这里时间不是以钟表分秒的可分割的形态出现，时间隐退了。

窗外阴沉沉的，细雨淅淅沥沥绵延了几天，阴雨天气是有午后特质的，延长了午后寂静的感觉。远处的工地失去了往日叮叮当当的聒噪，静立在一片烟雨空蒙之中，多了些说不出的美感，仿佛是温黄的台灯下摊开的一本旧书。柳树、行人、车辆等似乎都被框在画框里，已不仅仅是柳树、行人、车辆，它们和天空、烟雨、午后的静寂或其他神秘物质一同构成了一幅画，静默如谜，逼你去思索谜底，抑或去体会它的意义。

午后是如此神秘，尤其是午休之后从床上蓦然醒来，时间静止了，漂浮成海，而这床就是海上的一叶孤舟。看着房间里熟悉的东西渐渐变得陌生，正在观看的我被抽空了、消逝了，是存在之眼在观察这一切？目光之中分明多了些眷恋，如即将离世之人的回光返照。后来读到塞尔维亚作家米洛拉德·帕维奇的小说《哈扎尔辞典》中的两句话：死亡与睡梦同姓，只是我们不知道它们姓什么；人日有一死，此即为睡梦，睡梦乃死亡之预习，死亡乃睡梦的姐妹，但是兄弟同姐妹的亲近程度各个不一。在午后的异质时间氛围之中，尤其是午休睡梦之后，是死亡之眼的展现？

古时人们忌讳午后，在阴阳理论中，正午是阳气最盛的时候，盛极则衰，此后阴气渐渐兴起，阴森森的，的确是午后的感觉，就像阴沉的天气里更让人感觉倦长无聊，绵绵不绝的时间仿佛可感可视，让人容易感受神秘的气质。小时候在农村，过了中午人们一般不会一个人去田地，不仅是因为午后天热，更多的是因为阴森的午后更容易碰到鬼，或者更容易让人想起鬼的存在，大人会告诫小孩子："晌午头，鬼露头；晌午偏，鬼冒烟。"一次盛夏的午后，邻居们坐在有风无风枝叶都哗哗作响的杨树下乘凉，不知谁引起的话头，大人们纷纷谈起自己中午在田里干活的经历，过了中午还在地里干活不回家会遇到"谁"，这个"谁"我们虽然不认识，但都知道他们是居住在田野里庄稼丛中大大小小的坟包里的。有的说见到他或她在地里薅草，有的说见到他或她慢慢走来，之后自己的腿上就出现了许多青紫的印记。一位大娘言之凿凿地说，有一次她下地薅草到晌午，想着就剩下一小片了，准备一鼓作气干完再回家，她坐在地里歇息的时候，周围的玉米地里突然传来嘤嘤的饮泣声，原来是隔壁村一个刚去世的新媳妇，还穿着结婚时的黄袍子褂呢。

耿占春先生不仅在诗歌《在午后，持续地》中表达了午后的静寂，还在随笔《沙上的卜辞》中进一步思考了午后睡眠的感觉："多年以来，午后睡梦成为一个异教启示的源泉。睡眠之床如同一道深渊，身临悬崖绝境。睡眠在生活的土地上如同打开一道深深的裂缝，虚无的寒流从中侵袭了灵魂。没有什么生活的道理与逻辑能够遮掩它袭人的寒气。睡魔是另一个哲学家，或是魔鬼的牧师。它以雄辩的沉默胜过滔滔言说。夜晚深睡的梦境并不可怕，夜梦有噩梦也有美梦。而午后的短寐本身就是一场噩梦。人日有一死，此即午后睡梦。怪不得民间传说把午后的时光视为鬼魂出没的时刻。这个绝对光明的时刻，尤其是夏秋季节的午后，笼罩着一片神秘的来自另一个世界的气息。也许自古以来人们就知道了午后时光的不祥。那时有人从梦中醒来就成为占梦者，只是永远不解其意。"

生命的时间不是像钟表计算的那样每一秒每一分钟都是一样的，时间不是刻在钟表上的形态，六十秒一分钟，六十分钟一小时，每一分钟每一小时都是一样的。不是发明了钟表就征服了时间，时间不是均质的，不同的时间有不同的气质与氛围，它偶然的展现会让你感觉是如此的渺小短暂。在心灵逐渐如时间一样均质化的时代，午后的时间是一个异类。每一次午后醒来都让人感觉如此神秘，感觉生命是如此脆弱易逝，世上万物是如此让人眷恋。

　　午后，是一个神秘的时刻，也许是一个人看见时间、最接近存在的时刻。

死亡之梦

天昏昏亮，我站在窗前望着外面的工地，也许我的手里夹着支烟，我没有吸烟的习惯，可记忆中有冉冉升空的烟雾缭绕周围。去年我刚来这里时前面还是一片空地，长满了灌木丛和油菜花，现在已经是快盖好的楼盘了。突然之间，从窗户外爬上来两个人，看不清面目，或者当时根本没有看他们面目的意识，只是感觉爬上来两个人，恍惚间，场景突然置换了，我不在自己房间的窗边，我站在高台上，他们从右边的窗户爬上来，走到高台边，然后依次跳下去，我也要跳下去，可是内心里我不想跳，就这样挣扎思考之际，我紧跟其后走到窗边跳了下去……

夜里突然被噩梦惊醒，睡眼惺忪地拿起手机，才四点多，心惊胆战地望着窗外，一些暗青色的光透过来，正对着窗户的是已经盖了七八层的楼房框架，各楼层的房间是无数个黑洞，阴森地看过来。我记得年前一个中午，我端着碗站在正对着工地的窗边闲眺，突然发现塔吊下站着一个妇女和一个小女孩，旁边躺着一个"人"，盖着绿色的廉价被褥，后来知道是从塔吊上摔死的工人。妇女和女孩也许业已哭过一阵，呆立在那里，不敢相信眼前躺着的人再也站不起来。一会儿从外面来了一个老年人，一到就号啕大哭："我的孩儿啊！我的苦命的孩儿啊！"妇女和女孩也跟着号啕不止。看着这凄楚的场景，内心潸然，可这是意外——意外之死是多么心安理得的说法，意外之死是多么平凡。我回到办公室讲述这件事后，除了感叹无常之外，同事立刻就谈到这样的事很多，不过是一套房子钱，对开发商来说不算什么事，哪个楼盘不死几个人？我望着连绵不尽的楼盘，不知该说什么。死亡就这样地成为商品。这之前，学校有个学生突发脑溢血送到医院抢救无效死亡，晚上和几个同事被派去医院给家长送被褥，家长要学校赔钱。医院西侧远远的一角搭建了三间简易房就是太平间，阴冷的地上放着水晶棺，父亲蹲在门口呆滞地虚望着，旁边蹲着已经哭得嘶哑的母亲。隔壁也有一个逝者，妻子抱着孩子坐在旁边嘤嘤哭泣，死者是一个工地上的工人，从楼上不小心摔下，据说工地老板已经来过，事情已解决，赔了七十万元。

　　死者长已矣，生者亦可悲。虽然可以用金钱来赔偿死亡，却不可以用经济学的眼光来抵消死亡意识。《哈扎尔辞典》说："人或死于剑下，或死于疾病，或寿终正寝，不论死于何种原因，他始终是通过他人的死亡来体验自己的死亡，他经历他人的死亡，即未来的死亡，而从不经历自己的死亡。"我们在不断经历着他人的死亡，其实是体验着自己的死亡。《沙上的卜辞》说："他人的死总是我自己的死的一部分。一个人不是一下子死去的。是一个人生命中的一部分、一部分地消失。他人的死是自己的劫后余生。而今我就生活在剩余的时间里。这是时间多出的部分。"我们通过他人的死亡或葬礼来想象自己的死亡，来悲悼自己逝去的生命片段。有时，这劫后余生的自己总显得有些空蒙。

　　我久久不能忘记这个梦，也许梦不应该被讲述，它是隐藏在潜意识中的生活之刺，是日常生活中应该被规避的事物。

财富秘辛

　　窗外细雨潇潇，一片片农田和村庄向后飞去，间或看到几个建筑工地，挖掘机、水泥柱、矗立的楼房框架和简易的工棚。汽车已经行进了两三个小时，恍惚醒来，夜幕四合，车里更是黑暗，乘客在座位上东倒西歪地睡觉、打盹。后排的几个人仍在兴致勃勃地谈论，话题是由年轻的胖子发起的，谈论自己家养了两只藏獒以及藏獒这些年价格的涨落。另一年纪稍大的人表达了自己想养哈士奇，在别墅种种菜，浇浇花，回归田园养养老。其他人附和着，哪些狗好养哪些狗好看，以及周围朋友亲戚的宠物狗，指点江山臧否小狗，或者道听途说传授技术，大谈狗的绞尾和裁耳，以及狗的狗权。

　　座位后面突然响起铃声，一位中年妇女说："我能管住她吗，这事我能当住家？开始我就不想来，现在咋办？算了。你问问她吧。"

　　这趟去省城是因一家品牌卫浴厂商举办直销会，县里商家包车带客户去选购，据说都是工厂价，十分便宜。直销会在一所大学的体育馆举办，里面商品琳琅满目，音响狂热魅惑，就像购物嘉年华，来来往往的客人纷纷扰扰，在导购的带领和讲解下购买。商品未必多便宜，但购买愿望被撩拨得十足。通过购买结束后的抽奖来看，大部分客户都订购了一两万块钱的商品。从衣着上推测，有些是十足的土豪，有些似乎超出了正常消费水平。那又怎样，你看这些商品一年才一次工厂价，错过就得等一年，导购的服务多么细心周到，无微不至无限关怀。这些商品多么高档奢华，作为高品质生活的符号向你提供幸福的保证。

这让我想起波德里亚在《消费社会》中描述的场景，顾客往往沉醉于广告符号的场景，模糊了广告和现实的界限。人们购买物品的时候，第一眼所注意的不是它的保质期、功效、性能，而更多的是它的品牌，即符号，以及符号背后渲染的美好故事。符号越来越多地引领着人们的消费导向，符号也更多地成为各个阶层划分自己层级的标志。那位中年妇女的女儿也许爱美爱高品质的生活，谁不爱呢？又有多少人会在口若悬河的导购面前坦诚自己囊中羞涩呢？

后排的几个人转换了话题，这次直销会来了一位神龙见首不见尾的客户，据说是个土豪，正在开发某别墅项目。土豪的女儿购买了二十五万元的卫浴用品，据说这位土豪直接和卫浴厂的老板打电话说，选最贵最好的，要花够三十万元，看来女儿没有完成爸爸的任务。大家都啧啧称赞这位女士是真土豪。于是有人谈起了土豪的发家史，他房地产生意背后的故事，兼及其财富秘辛。

"我们俩上车前吵架了，没有坐一块，她不接你电话我也没办法。回去再说？回去了，老板和导购都走了我找谁说？大家买的都是三四千元一套的，就觉得挺高了。她倒好，几忽悠几不忽悠买了一万多元一套的。我一会儿找老板和导购问问付的钱能不能退了。"

上车时这对母女都坐在我后面，这时才发现女儿转移到了我的斜对面，抱着厂家赠送的公仔默默地望着窗外。大家似乎没有听到这位妇女的说话，只有个别人在小声地议论这件事。谈话仍在继续，一个年轻人高声说："看我微信群中的消息，又逮到一个'大老虎'，操纵彩票、贪污赈灾款，据说贪了几个亿。嚯，怎么想的，几个亿，怎么花呀，数钱要烧坏多少点钞机。""树倒猢狲散，后面又要跟着一大批人倒霉。"年纪较大的老板感叹道，"新区的那个楼盘停工，并不是因为楼市不景气，资金链断了，而是后台老板被查调了，你们看开盘时多硬气。"

我不知道其他像我这样的升斗小民，每天打开手机看到某某贪污几千万，甚至几个亿的新闻时有什么想法。他们得到钱的方法太容易了，经济学称这样的财富为"容易货币"，那么像那位妇女那样辛辛苦苦挣来的钱是不是就叫"艰难货币"？无论容易还是艰难，都是货币，它们具有同等的购买力。商业社会一切事物都漂浮在金钱的河流上，"容易货币"挥霍的不仅是社会财富，还有普通劳动者的艰难，也挥洒了他们的尊严。

忘筌他日并无鱼

到 2015 年底，《钱锺书手稿集》陆陆续续整理完。借助这些手稿，大家终得一睹庐山真面目，明白了钱锺书"照相机式记忆"的由来。钱锺书的著作，无论是论文还是札记，抑或是小说，都是旁征博引，论述详尽，我们佩服他的阅读广泛、记诵能力超群。

未必真深入地读，而且很多也读不懂，其学问高深应该是有阅读门槛的，只看手稿形式，就明白钱锺书记忆之"神"来源于笔记之"勤"。

杨绛先生曾这样解释："许多人说，钱锺书记忆力特强，过目不忘。他本人并不以为自己有那么'神'。他只是好读书，肯下功夫，不仅读，还做笔记；不仅读一遍，还会读三遍四遍，笔记上不断地添补。所以，他读书虽多，也不易遗忘。做笔记很费时间。锺书做一遍笔记的时间，约莫是读这本书的一倍。"

尽管从小被教导"好记性不如烂笔头"，读书一定要做笔记，可懒症与拖延症有太强大的力量，教导总是被抛之脑后。加上有"得鱼忘筌，得意忘言"的思想传统，阅读一本书后感觉已经领会其精髓妙悟了，不需要付诸笔端。近来翻看一本旧书，看到自己的一个批注："文近于趣始化，《幽梦影》。"恍然记起几年前自己非常认真地阅读并分析了《幽梦影》这本书，当时以为这下可算是理解透彻了。可是现在除了这句旁批外其他的全忘了，甚至不记得自己读过这本书。真是"忘筌他日并无鱼"。

　　钱锺书在牛津大学留学期间，在笔记《饱蠹楼书记》上题下这样四句话："心如椰子纳群书，金匮青箱总不如，提要勾玄留指爪，忘筌他日并无鱼。"这几句我读了印象深刻，做了一些考索。"心如椰子纳群书"，钱锺书在《谈交友》一文中写道："唐李渤问归宗禅师云：'芥子何能容须弥山？'师言：'学士胸藏万卷书，此心不过如椰子大，万卷书何处著？'"金匮青箱是古时珍藏贵重物品的储具，这句也可以用《谈交友》中的话解读："时髦的学者不需要心，只需要几只抽屉，几百张白卡片，分门别类，做成有引必得的'引得'，用不着头脑硬去强记。但得抽屉充实，何妨心腹空虚。最初把抽屉来代替头脑，久而久之，习而俱化，头脑也有点木木然接近抽屉的质料了。"　"提要勾玄"，出自韩愈的《进学解》："记事者必提其要，纂言者必钩其玄。"　"忘筌他日并无鱼"，则是反用《庄子》中的典故："筌者所以在鱼，得鱼而忘筌；蹄者所以在兔，得兔而忘蹄；言者所以在意，得意而忘言。"

只要得到想要的东西便可以舍弃获取的工具，登岸弃筏，得意忘言。钱锺书反用之，尽管可以得鱼忘筌，但是时间久了，恐怕会连所得之鱼一块儿都忘了。钱锺书这四句题词的大意是：尽管心如椰子那样小，需要记诵群书，但是比精贵的藏书工具强，读书时做笔记还是很有必要的，不然时间久了什么都忘记了。

"忘筌他日并无鱼"，读书需要像钱锺书那样，戒躁戒懒，勤于做笔记。不要中了快餐文化的套路，好书要读一遍二遍三遍，笔记做一遍二遍三遍。

损友如猪油

　　刘基《郁离子》曰："小人其犹膏乎？观其皎而泽，莹而媚，若可亲也。忽然染之则腻，不可濯矣。"

　　小人就像一团猪油，远观之，皎洁有光泽，晶莹妩媚，仿佛蔼然可亲，一旦染指，就油腻腻的，不可洗净，即使强力洗濯，佐以香皂胰子，其腥臭之气仍绕指三日不绝。

　　人们常言，四海之内皆兄弟。刘基此论比较新颖，比喻也很巧妙。岂止"小人其犹膏乎"，恶友损友也如猪油。听朋友诉苦有个兄弟，性极嗜酒，十分向往梁山好汉整日大碗喝酒大块吃肉的豪壮，常拉三叫四，呼朋引类，凑成一桌，推杯换盏，觥筹交错，常常面红耳赤地大叫"六六六啊，五魁首啊"，酒过三巡，有人玉山倾颓，有人桌底横陈，杯盘狼藉仍恋恋不舍。因为经常有聚会，每次饭局逢上他必定头胀晕、脸酡红，甚至头痛呕吐，几天回不过神来。亲友诘问，你不喝他们会捏着鼻子灌你？他竟无言以对。当然不会捏着鼻子灌，然而酒桌之上往往身不由己，拗不过劝酒词，有恭敬有逢迎，或

揶揄或讽刺，年轻人血气方刚，卮酒安足辞，一鼓作气，一饮
而尽，不顾后果。后来朋友多次规劝他要有意疏远这些场合，
逢电话则找理由推脱，饭店相遇就找机会开溜。毕竟多年关
系，同在一个交往圈，往往不期而遇。这些虽非恶友损友，小
小饮酒之癖，让人伤透脑筋，避之唯恐不及，何况真的恶友损
友。

孔子曰："益者三友，损者三友。友直、友谅、友多闻，
益矣。友便辟、友善柔、友便佞，损矣。"和正直、守信、见
多识广的人交朋友，有益；跟谄媚、虚伪、巧言令色的人交朋
友，有害。当今社会并非是人际关系稳定的传统自然社会，出
门在外讲究"多个朋友多条路，添个仇人添堵墙"，提倡多交
友以至于滥交友，却少有讲交友之慎的，岂不闻推销保险、化
妆品的先拿亲友做试验，搞传销妄想发财的多从熟人入手。
所以孔子常讲交友经济学，他在《学而》《子罕》中两次提到
"无友不如己者"，不要和不如自己的人交朋友。乍听之，有
教无类的孔圣人怎么会讲这样的话，鲁迅在《杂忆》中就认
为这是势利眼。历来很多注释家为了维护孔夫子的形象，对
这句话曲说婉解，至圣先师不是这个意思，他是要讲没有哪
个朋友不如你，个个都有长处，全值得你学习，不但一点儿不
势利眼，反而很谦虚恭敬。

细思之，孔子提倡"无友不如己者"也不无道理。《吕氏
春秋·观世》载："周公旦曰：不如吾者，吾不处也，累吾者
也。"汉代《说苑·杂言》也这样认为，并拿孔子的弟子举例

论证："丘死之后，商也日益，赐也日损，商也好与贤己者处，赐也好说（悦）不如己者。"老师孔子去世后，卜商整日和贤能的人相处，日有进步，端木赐爱与不如己的朋友在一起，每天都退步。看来我们没必要拐弯抹角为圣人讳，时移世易，过去认为理所当然的事情，囿于社会风气变换，现在我们不敢正大光明地讲了。何况孔子也反复讲见贤思齐。孔子言无友不如己者，是让我们慎重交友，不要和不如自己的人交朋友，或者说不要和不与自己一类的人交朋友，道不同不相为谋。多交益友，少结损友恶友。交友不要贪利，妄以为多个朋友多条路，以利相交者终以利叛。虽然我们日常所交朋友大部分绝非恶友损友，但是要是一不小心交到了损友恶友，则就如染指猪油，难以摆脱了。

知堂谈劝酒

　　知堂先生读书广博，通达人情物理，引述文史笔记精辟详备，又十分切中肯綮。夜晚翻书，读到《谈劝酒》一篇，十分感喟。知堂先生自言阅读笔记丛书之类往往欣赏其合乎情理，《谈劝酒》一文引抄其同乡陈廷灿《邮余闻记》中有关饮酒一节，文字畅达，十分契乎人情："古者设酒原从大礼起见，酬天地，享鬼神，欲致其馨香之意耳。渐及后人，喜事宴会，借此酬酢，亦以通殷勤，致欢欣而止，非必欲其酩酊酕醄，淋漓几席而后为快也。今若享客而止设一饭，以饱为度，草草散场，则太觉索然，故酒为必需之物矣。但会饮当有律度，小杯徐酌，假此叙谈，宾主之情通而酒事毕矣，何必大觥加劝，互酢不休，甚至主以能劝为强，客以善避为巧，竟能争智之场，又何有于欢欣哉。"

　　古时设酒是为了祭祀，用来"酬天地，享鬼神"，后来降而用于人事，以"通殷勤，致欢欣"。如果亲朋好友相聚一堂，仅仅只是吃饭，饱后草草散场，无论饭菜怎样好，也太兴味索然，嗒然若丧。于是既甘洌馨香又加速血液流通的酒，就成了宴会必需品。二三素心人，知己故交相聚一室，或款叙幽情，或大摆龙门阵，内容不拘家长里短，天南地北，可臧否人物，可谈玄析理，海阔天空，自然是快慰的事情，再佐以美酒，小杯徐酌温润血脉，更是"四美具，二难并"，此乐何极！

但事情往往并不是如人们所设想的那样。酒席间常常见到劝酒，有些甚至是拼酒赌酒，礼让再三推脱再四。本来是沟通情谊的酒宴，最后变成劝酒套话的竞技场，主人以能劝为强，客人以善避为巧，最后有人多饮难受，有人大醉伤身，不欢而散，甚至有些无品之人常常借酒遮面，大耍酒疯，惹得鸡犬不宁，可谓是失其本心，有违初衷。

知堂先生通晓人情，"酒本是好东西，而主人要如此苦劝恶劝才能叫客人喝下去，这到底是什么缘故呢？我想，这大抵因为酒这东西虽好而敬客的没有好酒的缘故吧。"酒虽然是好东西，宴席的必需品，无酒不欢，然而好酒没有标准，主人又常常自谦敬客的没有好酒，只是略备薄酒，一是怕对客人招呼不周所以要劝，二是怕客人太客气太见外更是要劝。

此外，酒席间的劝酒还有两个缘故，一是谦让的文化传统，二是酒席间的权力意识。谦让是群居社会的美德，然而过分谦让不仅没必要而且略显虚伪，但是这样的虚伪往往成为生活中的一个文化仪式，大则如弑君夺位的枭雄，在其登基践祚之时，往往会谦虚退让一番，需要大臣们反复跪请，最后不得已只能顺天应命当了皇帝。再就是宴会排座，就座之时必定有一番你推我让的客套，甲说乙年纪大，德隆望尊应该上座，乙言我是主您是贵客，英雄岂论年少，您上座。一番客套仪式之后，大家依次按事先排好的顺序入座。这一番谦让推让，不仅使气氛亲切热闹许多，也明晰了酒席间尊卑贵贱的等级。一盘菜送至，长者没有动筷，小子即使再饥饿难耐又岂敢染指？首席没有酒过一巡，列席者又怎能开怀畅饮？宴席中重要的菜肴，如整条鱼上桌时，鱼头要对准座中最重要的人，大家要敬三杯鱼头酒以为长者寿，然后才能在其带领下吃鱼。饮酒更是如此，身为席间最重要的人当然要接受大家的敬酒，作为列席者，除了首席的敬酒必须一饮而尽外，还有同席间的相互敬酒，敬之不成则劝，劝之不喝则苦劝，直至对方一饮而尽方能显示对自己的尊重，彰显两人关系非同一般，俗谚云："关系浅，舔一舔；关系深，一口闷。"

以上是寻常，现代社会酒席间不仅仅是主人与客人这样单纯的关系，托人办事，往往要与陌生人打交道，怎样才能把陌生关系转变为熟人关系呢？当然是中国特色的请客吃饭，一桌吃饭一桌饮酒就是朋友，酒杯一端，政策放宽，酒杯一举，情意绵绵。请客者有事相求，当然担心客人喝不好喝不尽兴，于是敬酒劝酒交相不断，客人回敬主人，又岂敢拂意。至于上下级相聚一桌，权力等级更是昭然若揭。

请客喝酒是套近乎叙情谊的最近途径，所以很多人把事情在酒场上办，可是很多时候，酒席间的承诺、约定往往未必能兑现，爽快承诺只是酒酣耳热之际的一时慷慨，或者是酒席间应景的客套，未必作数。清末枝巢老人的《旧京琐记》就记载了这样的虚伪："交际场中亦多虚伪之风。昔于筵中晤一人，谈悉为世交。彼则极意周旋，坚约来日一饮，既而曰：'明日有内廷差，后日如何?'方逊谢，彼已呼笔书柬，议地议菜，碌乱不已。席将终，彼忽拍膝曰：'后日有家祭，奈何?'他客为解曰：'相见正长，何必哑哑?'余恶其扰，亦谢曰：'此月中鄙人方有俗冗，得暇再趋扰耳。'后终不晤。友人云：'彼之延饮，面子也，君应逊谢亦面子也。君竟不坚辞，彼只有自觅台阶以下耳。'"这样的场景想必很多人都经历过。

成功的异秉

汪曾祺小说《异秉》写晚上的保全堂，聚拢了保全堂的"同仁"与周围的闲人，是众人打发时间聊天闲谈的地方。万顺酱园的亲戚兼食客张汉轩者，年轻时做过幕僚，走过南闯过北，见多识广，熟悉医卜星象，是个百事通，肚里有货，又有抑扬顿挫讲故事的本事，往往成为保全党内闲聊的焦点。有一天，张汉轩谈起人生有命，说道："凡是成大事业，有大作为，兴旺发达的，都有异相，或有特殊的禀赋。汉高祖刘邦，股有七十二黑子——就是屁股上有七十二颗黑痣，谁有过？……燕人张翼德，睡着了也睁着眼睛。就是市井之人，凡有走了一步好运的，也莫不有与众不同之处。必有非常之人，乃成非常之事。"据他观察，这两年卖卤肉发达起来的王二之所以逐渐富起来，能飞黄腾达，也有异秉，不信问王二，王二遮遮掩掩回答果然有些不一样的禀赋，所谓异秉就是上厕所时"大小解分清"，惹得保全堂的失意人陈相公、陶先生夜里去厕所看看自己有没有异秉，有没有飞黄腾达的潜质。

　　说起异秉，记忆所及，一位木匠在休息时，曾故作高深地说起他观察到的异秉。他说凡是能够有所成就的人都有不一样的禀赋，大成就的有大禀赋，小成就的有小禀赋，天生注定就是命，改不了，有人是劳碌命，有人就是富贵命。远的是家乡的项羽，力大能单手举起铜鼎，无人能敌，就在于他天生两个瞳孔。这些都不算什么，人人都知道。他有一次做工突来灵感，顿悟天机，又仔细推敲，根据熟悉的人一一验证，果然是这样。他发现凡是能够做成事享成福的人，身体都有一个特征：屁（乡音读作 piu，指屁股）大股沉——屁股大、稍微下沉，这样的人底盘稳，走路不容易摔跤，命运路上也不容易摔跟头；不走路时坐得住，沉得住气，办事牢靠。工头就是这样的人，人家屁大股沉能坐得住，一坐一上午，干得了细致雕花的木工活，挣得钱就多，钱多就有资本，这不带起工程队来了？当年我们可是一个师傅，我就是坐不住，屁股一挨凳子就不舒服，左跑右晃，咱就是劳碌命，没那福相。

　　周作人这样赞扬俞樾的文章："许多传世的名文在我看去都不过是滥调时髦话，而有些被称为平庸或浅薄的实在倒有可取，因为他自有意思，也能说得好。"俞樾的文章不仅关于事物有意见要说，往往能说得又有诚意又有趣味。木匠所谈，概言之不过是做事要耐住寂寞耐住烦躁，但比着许多心灵鸡汤，却也说得又有诚意又有趣味。

一个年轻人成熟的标志

逍遥如流水的大学生活在毕业季遇到弯弯绕绕的沟沟坎坎，牵涉离别、找工作等，这并不是什么坎坷畏途，尽管面临一些抉择，但最终还是比较顺利，内心不免有许多感慨、遗憾。大家都说理想很丰满现实很骨感，我倒认为理想很骨感瘦成一道闪电，现实很臃肿肥胖步履维艰。瘦成闪电会自以为像赛跑运动员那样健步如飞，会像模特儿那样适合各种风格的搭配。而肥胖会有种种拖累，除了有社会美学的歧视，还会引发很多疾病。现实就是这样，不是想象中的运动员和模特儿等形象，而要面对实实在在肥胖的自己，不菲薄，不气馁，需要与那些脂肪打交道，与那些歧视脂肪、地域、学历、背景、经验不足的人相处。

后来看到一位大学英语教师的微博，非常感慨：

"一个年轻人成熟的标志，不仅仅是将每件重要的事情认真做好，也要学会将那些不那么重要、不得不对付的事情糊弄过去……事实上，只有糊弄的能力强，才能更从容不迫去做真正需要全身心投入的事情。"

人是社会性动物，要做的大部分事情都需牵涉他人、他物以及社会的各个方面。许多社会问题并不是想当然那样水到渠成、望风披靡般轻而易举，它牵涉许许多多复杂的利益、制度约束、权力、关系和个人角度。坐而论道则易，起而行之则难。许多现象并不是道德判断那么简单，如果一个人过于理想化，谈论信仰、坚持理念、坚守道德，为不是自己一亩三分地的利益而操心，他将被考评为迂阔、不切实际、白脖儿。许多历史人物或身边朋友都是因为没有做好没必要的事情，过于高蹈，许多杂事没有处理好，或者糊弄好，导致事业挫败。

时间越久越是明白，这位老师的感慨良有以也。"不仅仅是将每件重要的事情认真做好，也要学会将那些不那么重要、不得不对付的事情糊弄过去……事实上，只有糊弄的能力强，才能更从容不迫地去做真正需要全身心投入的事情。"做重要事情的前提条件是，先要做好那些不那么重要、不得不糊弄的事。这些世故之见，虽有些圆滑，确是经历许多后的经验之谈。

在张宏杰的《曾国藩的正面与侧面》一书中，曾国藩晚年的幕僚赵烈文说过一句话："历年辛苦，与贼战者不过十之三四，与世俗文法战者不啻十之五六。"也就是说，曾国藩虽然以平定洪杨为最大功劳，然而他的一生，与贼人作战所花费的精力不过十之三四，与世俗礼法官场规则作战所花费的精力不止占十分之五六。

早期的曾国藩十分理想主义，或可以说是"愤青"，单线思维、愤世嫉俗、手段单一，以为人人都会像自己一样可以礼教道德感化，事事都像坐而谈之那样简单明白能立刻起而行之。他低估了社会的臃肿低效，低估或高估了他人，导致他处处碰壁，事事不顺，动辄得咎，明明是剿灭洪杨叛乱这样光辉的大旗，却响应寥寥，甚至处处与他为难，为人唾骂。后来他辞官回乡丁忧时顿悟，要做那些重要的事情，需要先做那些不重要的事情。当他再次被启用，风格大变，不再怀着强烈的道德优越感、"唯我独尊"、"唯我正确、你们都不争气"的姿态，开始低姿态地推己及人，容许晚清官场陋规，拜访各级官员，恪守庸俗官吏的虚文俗套、虚与委蛇，"努力包容那些丑陋的官场生存者，设身处地地体谅他们的难处，交往时极尽拉拢抚慰之能事，必要时唉之以厚利"。

你可以说"只有海纳百川，藏污纳垢，才能调动各方面的力量，达到胜利的彼岸"，也可以说"有原则也有灵活性，宗经而不舍权变"。总之，曾国藩不管是与洪杨战还是与世俗战，都达到了自己的目标。

这种做法和成功学、厚黑学的窠臼套路只差一线，差在后者舍弃理想、原则、宗经等，只讲潜规则、套路、权变。理想情怀的"术"与成功学、厚黑学的"术"，只差一心。

真正的幸福来自建设

总结近来阅读，对王小波的《写给新的一年（1996年）》印象尤深，虽已经过了二十多年，感觉也没时间的长久感，犹如去年。上次理发，和理发师谈起来，感叹时间过得真快，生活的稀薄，说起2008年的"5·12"大地震，好像刚刚发生不久，地震时他在一家店里当学徒，正站在门口招揽客人，突然感觉地在晃。而我当时在教室等着上课，看到电棒管无端地晃动。

王小波引用一位历史学家对21世纪的展望："理想主义的光辉已经暗淡，人类不再抱着崇高的理想，想要摘下天上的星星，而是把注意力放到了现实问题上去，当一切都趋于平淡，人类进入了哀乐中年。"细思之，个人也是这样，逐渐由理想主义进入趋于平淡的哀乐中年。生活也越来越稀薄，王小波感叹："在我们年轻时，每一年的经历都能写成一本书，后来只能写成小册子，再后来变成了薄薄的几页纸。"

所谓平淡，即是缺乏叙事性。现在生活越来越缺乏叙事性，除了琐琐碎碎，至多含有一些类型化的情感，没有什么可讲，没什么值得讲。与朋友们交谈，谈过去的事多、说现在的事少，不是耽于回忆，而是大家对现在基本无话可说，或者身在局中难以评说。早些时期理想主义普照，生活是进化史观，有明确的前景、目标和期待，有很多宏大的叙事可供讲述，有丰足的意义可供挖掘。理想幻觉消逝的当下，哀乐中年哀乐于现在、而今、眼目下，甚至陷入生活的迷宫，生活只有一个时间的结尾。正如一个作家在书中感叹："也许是：一个人看不到个人生活的结尾，就不明白如何从收尾开始编故事。"

经历过狂热年代到云南插队的王小波，对平淡有不少赞扬，平淡之中蕴含着幸福，就像罗素所言，真正的幸福来自于建设性的工作，在平淡中思索，倒能解决许多问题。相对于破坏和毁灭带来的有限快乐，建设带来的快乐是无穷尽的。

面对流逝之残酷，面对生活密度的稀薄，有的人沉溺于虚假的故事，有的人陶醉在油光浮泛的鸡汤。与其虚构当下浮光掠影的一瞬间，意图时光停驻，倒不如实实在在做些建设性和创造性的事情。

就像不知道全景的拼图，一点一滴认真地思考、摆放、腾挪、纠错，在全景逐渐拼出的时刻，才真正领会时间的真味，它不仅仅只有消逝的面孔，也深深地烙印在拼图的每一个细小版块之上。

虚伪的风气

最近利用琐碎时间，间歇式地读刘大鹏的《退想斋日记》。刘大鹏出生于 1857 年，卒于 1942 年，一生生活在山西农村，是一个默默无闻的、边缘化的读书人，见识不那么高远，生活不够广阔，是历史偏僻角落里的小人物，注定随历史湮没成尘。刘大鹏受曾国藩影响，三十四岁时开始写日记，直至临终，持续了五十一年，记录自己的经历、不解、愤怒、思考以及社会状况，以边缘视角观察着那个动荡的时代。日记后来被一位英国汉学家发现，写成著名的《梦醒子———一位华北乡居者的人生》一书，刘大鹏爆得大名。

刘大鹏六次省试终于中举，后分别于 1895 年、1898 年、1903 年三次去北京参加会试，成为"有志观光者"，可惜均未考中。说起来也够辛酸，好在山西同来的十位举子皆未考中，刘大鹏不仅不伤心反而安慰他人："科名有定，岂在人谋。"从刘大鹏的日记中，能看出一个三十八岁才第一次进京的读书人的狂喜，还有一些对当时北京的批评。

光绪二十一年（1895 年），刚进京的刘大鹏忙着拜访在京的陕西籍官员和商人，他有些自卑："于今在京，见夫人才荟萃，其多若林，倍觉自己愚昧无知，无地可容，抚衷自问，抱愧良深。"他观察士林风尚："京都习尚写字为先，字好者人皆敬重，字丑者人都藐视，故为学之士，写字为第一要紧事，其次则读诗文及诗赋，至于翻经阅史，则为余事。""乡试场中号军称士子皆呼先生，会试场中号军称士子皆呼老爷，名分之不同有如此者。"这些观察透露出刘大鹏初进京城的新奇和对捕获新知的努力。

除了对北京的基础设施齐全、便利羡慕外，对这一年发生在北京的大事件——公车上书，他则采取了旁观姿态，倒是对北京的社会风气有所指责："京都习俗最讲虚体面，若不讲者，人反笑为愚拙而鄙夷之。噫！习俗若此，奈之何哉。"至于怎样个虚体面，刘大鹏并没有说。

前些年买了本枝巢老人的作品集《国学家夏仁虎》，大家对他比较陌生，对他的儿媳——《城南旧事》的作者林海音多十分熟知。出身于南京书香门第的夏仁虎比刘大鹏稍晚出生几年，戊戌变法那年进京，经殿试朝考顺利进入官场，留任京官，先后在刑部、商部、都察院任职，民国时做过国会议员、财政部次长、国务院秘书长，从南京才子熏染成老北平，与章士钊、叶恭绰、朱启钤合称"北平四老"。作品集中有夏仁虎留心北京的文章《旧京琐记》，对当时北京社会风气的叙述，与刘大鹏所说的虚体面和虚伪之风很像。如"夏必凉棚，

院必列瓷缸以养文鱼，排巨盆以栽石榴。无子弟读书，亦必延
一西席，以示阔绰"。

见客酒席应酬之礼，尤其虚伪。夏仁虎认为妇女见客很
奇怪，"门生谒师，固无不见师母者。亲戚至，无不见家人
者"。见家人应该是表示亲切无外的意思，可是太强调就有些
虚伪了，"余初北来，诣一远戚，乃其家闺中之人咸集，若者
妗姨姑姊妹固夙所未知也。然一片嘤咛问好之声，推本身以
及南中之家人，一一都遍。实则余家人固梦寐中不知有此戚
也。彼辈亦不知余家究有何人，特臆想而遍询之，谓非是弗亲
耳。……又有初会者见面极亲，问其尊亲好，自家人以逮鸡
犬，终则曰'贵姓'？"。

"交际场中亦多虚伪之风。昔于筵中晤一人，谈悉为世
交。彼则极意周旋，坚约来日一饮，既而曰：'明日有内廷
差，后日如何？'方逊谢，彼已呼笔书柬，议地议菜，碌乱不
已。席将终，彼忽拍膝曰：'后日有家祭，奈何？'他客为解
曰：'相见正长，何必区区。'余恶其扰，亦谢曰：'此月中鄙
人方有俗冗，得暇再趋扰耳。'后终不晤。友人云：'彼之延
饮，面子也，君应逊谢亦面子也。君竟不坚辞，彼只有自觅台
阶以下耳。'"

这样的风气，生活中很常见，只是少有这么夸张。推究其
形式，不过是两个人在特定场合用一些套话，彼此活络氛围，
或者无话找话，以免尴尬，追求言语的体面，并不指涉实际。
岂不知如此套话，有时很生硬，反而更尴尬。

我们都是时间的失败者

——读玄武《父子多年》

　　父子是伦理中最为基本，也是最为复杂的关系。比之诗歌散文中母亲的慈祥与奉献，史传中父亲的形象总是严肃的、高大的，望之俨然，总是板着脸，不肯稍稍假以辞色，不善款语温辞，有时还会付诸暴力。史传中，对传主父亲身份叙述时多以严苛为荣，甚至有对子侄"三月不假辞色"的记载。很多情况下就如《红楼梦》里的贾政，哪怕心里对宝玉是欣赏喜爱的，嘴里也总是严厉地骂着"畜生、孽障"。

　　进入现代社会，虽然父子伦理关系已经由传统伦理观的尊者长者本位转换为现代伦理观的幼者和青年人本位，但父子关系仍然充满复杂微妙的辨证，弥漫着崇拜与反抗、尊重与厌恶、憎恨与认同等冲突对立的语义。

　　玄武的《父子多年》细致深情地书写了父子关系的转换。不同于许多孩子幼年时期对父亲这个超级英雄的崇拜，早熟敏感的"我"总是和父亲对着干、拗着来，反抗父亲，反抗身上父亲的影子、父亲的血液，甚至厌恶他憎恨他，有肢体冲突。尽管有朋友喊父亲的名字时会让"我"感到侮辱，亲戚骂他使"我"愤怒，父子早已荣辱一体、休戚与共。

异样于母爱的纯粹，除了亲情外，父亲更多象征着有力量的权威和呆板秩序的社会，社会历史思潮中总是回荡着精神上的"弑父"情结。在成长的过程中，孩子通常会对幼儿期父亲的超级英雄形象产生裂痕，言语龃龉，意识冲突，反叛离心。这些现象与其说是弗洛伊德式的俄狄浦斯情结，毋宁说是成长中追求独立个性、自由，打破旧秩序建立新格局的必然过程。我们在成长中逐渐不认可父亲，疏离父亲，离开家巢，代表自己发声，孑然奋力拼搏，栉风沐雨于他乡，挣扎辗转于畏途，仆仆风尘。早期意气风发充满力量的年轻人日益成年化社会化，融入社会的染缸或者熔炉，容颜改易。

有时，奋斗之余回望来时路，在偶然的一瞬间顿悟，或者在对年老父母的间或一瞥中，或者在自己成为父亲，孩子用同样的话语反叛时，我们才开始重新认识父亲，才有可能理解父亲。我们直线式奋斗与追逐的人生在人到中年的感喟中转弯，开始回归茫然不解的宿命式的循环。"岁月不可避免地颓败、不可抗拒地重复和循环。我们都是在时间中精疲力竭的人。我和我的父亲都是时间的失败者。我们并没有赢得什么。或者我们都在反抗自己身上的血液，终归为它不由分说地驱逐着。我记起我对父亲的模仿，从走路的动作到咳嗽声，到抽烟的样子。我的相貌不容改变地模仿着他。有一天我猛然发现，我几乎就是他的翻版。"马尔克斯的小说《霍乱时期的爱情》里，乌尔比诺医生中年时揽镜自照，惊奇地发现自己的五官越来越像死去的父亲。

在时间流逝与疲惫衰老中，"我"开始由反抗父亲到理解父亲、阅读父亲，意识到"父我一体"。我们都在时间中打转，是时间的失败者。我想起玄武这篇散文之外的另一个细节：有一次，一位年长的同事在处理完父亲的丧事之后感慨地说，我感觉父亲走后我一下子老了很多，感觉到了死亡的面目。也许我们是父亲生命的延续，父亲也是我们抵挡死亡的最后一道闸门。多年之后，我们明白，我们反抗父亲，不过是反抗父亲所象征的社会秩序，反抗权威，而不是肉身上的父亲，不是那个褪去象征意味之后的父亲。

文学史中，写父亲的文章没有歌赞母亲的多，在有限的书写父亲的文章里也大多套用母爱式地歌赞父亲，许多文章始于温情流于感伤。玄武的散文《父子多年》，不受亲情意识形态的左右，健笔直书，顿挫情深，婉转有致地记录了父子多年间复杂情感的变化。

月光如水水如天

——读赵嘏

古来写月光的诗多矣，独有赵嘏的"月光如水水如天"，让人吟咏多时感慨犹新。一首《江楼感旧》，让后世记住了赵嘏的名字；一句"月光如水水如天"，让后人每每写到月光都无法绕过。

"独上江楼思渺然，月光如水水如天。同来望月人何处？风景依稀似去年。"风景仿佛去年，只是那时同来的人不在了，留下自己孑然一人再次登上江边的楼台，独自承担追忆往昔的感慨、对时光变迁的无奈，思绪渺然，茫茫无端，对着汤汤的江水，那漫溢清澈的月光流淌在身上、心里，作者感受到了"月光如水水如天"，"月光如水"承载了他最初的凉意和茫然。

晚上无事，翻览《唐才子传》，读到卷七的《赵嘏》。在俊采星驰群星璀璨的唐代诗坛，赵嘏只是一个小诗人，读完他短短千字的传记却让人感叹。

赵嘏，大约生于元和元年（806年），楚州山阳人，家世并不殷厚，早年一直做幕僚清客，曾宾于浙东观察使、大诗人元稹的幕府，试想才情纵横的青年才俊赵嘏遇到文坛宗主元稹，本应惺惺相惜，砥砺互答、追忆怀念的诗歌一定不少，可事实上只有几首才气平平的应酬诗，如《浙东陪元相公游云门寺》《九日陪越州元相燕龟山寺》等，可见宾主并非那么融融。"浙帅夺妾"之事发生后，大家纷纷猜测浙帅乃是元稹，可见二人关系并不愉快。后来寓居宣城，为沈传师的幕宾，结识了在沈幕中做团练巡官的杜牧，《唐摭言》中《知己》条记载："杜紫薇（按：杜牧）览赵渭南（按：赵嘏）卷《早秋诗》云：'残星几点雁横塞，长笛一声人倚楼。'吟味不已，因目嘏为赵倚楼。"以诗得名，可见赵嘏的才情，也可看出杜牧对赵嘏的推重。"残星几点雁横塞，长笛一声人倚楼"，大概是模仿初唐张若虚《春江花月夜》中的"谁家今夜扁舟子？何处相思明月楼"，既写出了边塞的悲惨和荒芜（据考，弱冠的赵嘏曾远游塞北），又抒发了家中伊人的倚楼思念，是"过尽千帆皆不是"，还是"悔教夫婿觅封侯"？《红楼梦》中香菱学诗"绿蓑江上秋闻笛，红袖楼头夜倚栏"，大概是曹雪芹对赵倚楼写法的借鉴。

　　或许是宣城幕府中杜牧等人的鼓励，或许是年近而立却功不成名不就的焦虑，赵嘏经齐安赴京，准备大展宏图，但是应举不第滞留长安。《唐才子传》载："嘏豪迈爽达，多陪接卿相，出入馆阁，如亲属然。能以书生，令远近知重，所谓'一日名动京师，三日传满天下'，有自来矣。"《唐才子传校笺》云："辛氏谓赪'豪迈爽达'不悉何所据，读赪诗作，其抒落第悲哀诸篇，低回消沉，与豪迈爽达了不相侔，至陪接卿相出入馆阁则颇有之，如于令狐楚、牛僧孺、沈传师、王起四家父子兄弟，及李德裕、李钰、杨汉公、赵藩、张又新等，大都当时达官显宦，赵赪奔走其门，迹近清客曳裾，魏勃拥帚，此殆所谓'陪接卿相出入馆阁'。"从笺注者的叙述可知，旅居长安想来是不容易的，赵赪在长安并非如辛文房叙述的那么得意，而是一个清客，杜甫有诗描绘了这种清客的辛酸："朝扣富儿门，暮随肥马尘。残杯与冷炙，到处潜悲辛。"赵赪来长安前是幕僚清客，到了长安还是幕僚清客，这种循环往复的荒谬和悲酸，作为小诗人的赵赪只能默默隐忍，"世味年来薄似纱，谁令骑马客京华"。

　　会昌四年（844年），赵赪得中进士，不久仕为渭南尉，"一时名士大夫极称道之，卑宦颇不如意"。命运是不可捉摸的，偶然的一阵风会把人吹到天上飘飘得意，也会把人刮到阴沟永世不得翻身。一天，唐宣宗突然想起颇有诗名的赵赪，于是问宰相："赵赪诗人，曾为好官否？可取其诗进来。"翻开卷首的《题秦诗》："徒知六国随斤斧，莫有群儒定是非。"讽刺秦始皇只知战争武力而不重视文士，这让重武轻文的唐宣宗颇为不悦，事情就搁置了，赵赪长期屈就于渭南尉这个下层小官吏。爱用诗谶的唐人选了赵赪早年的诗句："早晚粗愁身世了，水边归去一闲人"，认为这是他一生"仕途屹兀"的诗谶，难道真的冥冥之中有主宰？难道真的古来才命两相妨？"早晚粗酬身世了，水边归去一闲人"，无外是抒发有一番建树能够流传青史，然后绚烂之极归于平淡，散淡江湖过闲云野鹤般的诗意人生。这是既崇尚功名又崇尚隐逸的唐代诗人对人生圆满的追求，李商隐也写过"永忆江湖归白发，欲回天地入扁舟"的诗句。"粗酬身世"，早早建立功业，去做江边闲人，这也许只是赵嘏一种诗意的姿态、一种写诗的意气，没想到真的是"粗酬身世"，一辈子只做了个小小的渭南尉。无法左右命运的小官吏赵嘏，面对如此吊诡的遭遇又能怎样？

"落魄江湖载酒行，楚腰纤细掌中轻。十年一觉扬州梦，赢得青楼薄幸名。"赵嘏虽然没有杜牧那样的家世声名，没有杜牧那样的放荡才情，但落魄江湖的赵倚楼，也有伊人为他倚楼思念。早年寓居浙西的赵嘏对一女子十分溺爱，不知过程如何，但获得女子芳心之后赵嘏便匆匆去长安赴举，把女子留家中侍奉母亲，"及计偕，留侍母"。一年中元节盂兰盆会，该女游览鹤林寺被浙帅"窥见，悦之，夺归"。抛家舍妻只身赴举的赵嘏终于中举了，本应春风得意马蹄疾，谁知妻子被浙帅夺去，于是写了一首自伤诗："寂寞堂前日又曛，阳台去作不归云。当时闻说沙吒利，今日青娥属使君。"浙帅听说后难以自安，随即遣人把女子送到长安，五代王定保《唐摭言》卷十五："嘏时方出关，途次横水驿，见兜舁人马甚盛，偶讯其左右，对曰：'浙西尚书差送新及第赵先辈娘子入京。'姬在舁中亦认嘏，嘏下马揭帘视之，姬抱嘏恸哭而卒。

遂葬于横水之阳。"就像不知道赵嘏是怎样获得该女子的芳心一样，历史记载也没有留下该女子怎样而死的细节，这样的忽悲忽喜、悲欣交集，充斥着赵嘏辗转挫折的一生。女子死后，赵嘏思慕不已，年四十余岁而卒。

辛文房不知依据何书的记载，说赵嘏临终前"目有所见"。读罢释卷遐想，月已西沉，窗外空明，凉意侵肤，再次想到月光如水，这如水凉意里隐含了赵嘏怎样浮沉人间辗转悲喜的一生？

悲哀都藏在生活的褶皱里

日益繁复光怪的现代生活，正如马克思所宣告的"一切坚固的东西都烟消云散了"。生活流动不息，不可预测未来驶向何处，过去又消失在哪里。这样，找到一个属于自己的话题并长期执着于它，非常困难。刘震云的小说写作一路走来，或隐或现潜滋暗长着一个叙事主题：人与人之间沟通的困难以及由于这种困难导致的孤独与彷徨、寻找与挫败，最后回归徒劳与荒诞。

第一次听说刘震云的名字，是在大学的当代文学课上，老师和当代文学教材用一句"新写实主义"概而括之，相对于现实主义主题先行的宏大叙事，新写实主义重新书写生活中琐碎的鸡毛蒜皮。那时正目不暇接地迷恋各种西方文学理论，当然不会在意这些，既然是写琐碎的鸡毛蒜皮就无足观，生活已经够一地鸡毛的了，谁还有耐心看他，即使遇到刘震云来校演讲也并未去听。如果当时去听刘震云的讲座，又如果讲座听了很受用很有感触，那么我对刘震云小说的接受恐怕要早个五六年。再后来因为电影《我叫刘跃进》《手机》的火爆，对刘震云的感觉还是停留在电影中的冯氏幽默角度，并未阅读小说原著。

有时候想，阅读一本书或者接受一个作家，真的需要某种机缘，犹如恋爱，早一年或晚一天，时机就不对。马尔克斯在自传《活着为了讲述》中讲了这样一件事：文学组的好友推荐给马尔克斯一部西班牙语文学经典，是世界名著《堂吉诃德》，马尔克斯无论怎样都难以卒读，更别提理解。难道经典就是那些人人都说好却人人都不会读的书？朋友告诉他，换个时间和地方再读读试试，于是这本《堂吉诃德》就成了厕所读物。一天，马尔克斯突然灵光乍现，读懂并体会到这本书的经典和伟大。

我系统读刘震云的小说是在今年。刘震云的两部作品《我不是潘金莲》《一句顶一万句》分别被冯小刚和自己女儿拍成电影，刘震云成为各大媒体的热搜词汇。《安徽商报》的朋友问我看过电影《我不是潘金莲》没有，向我约个评论。虽然刚看过电影，但是电影对原著的改编较大，为了写出的评论有内涵，我还是抓紧把原著老老实实看一遍。一读之下，非常着迷于刘震云这种绕来绕去又慢又幽默的叙事语言。越读越喜欢便顺流而下，从《单位》《官场》《官人》等中篇一直读到《手机》《故乡天下黄花》《一句顶一万句》等长篇。几次持书感叹，刘震云的小说犹如慢镜头照在生活的褶皱里，放慢节奏，放大细节，耐心细致地理清理顺生活这团乱麻，在生活的表象里用陌生化手法凸显出生活的喜剧方式和悲剧本色。悲剧掰碎了就是喜剧，刘震云谈论自己的幽默风格时说："用严肃的态度看待严肃，严肃就变成了一块铁，用幽默的态度对待严肃，严肃就化成了一块冰，掉到了幽默的海洋里它就融化了，真正的幽默从悲剧来。"

看刘震云的视频访谈，尤其是早期的《鲁豫有约》，会发现他是一个言语迟慢的人。他的少年成长期，就像《手机》里的严守一，父亲老严口中没话词汇量少，总之是比较闷声闷语的人。自己呢，有了遗传，也是语言迟慢，有时饭前讲个笑话饭后才能笑出来。也许是刘震云自己与人说话沟通交流时反映出的迟慢和困难，是刘震云文学思考和生活探究的原始场景，才让他执着思考人与人之间沟通困难这个主题。比如他的早期作品《单位》，单位中人与人之间因为权力等级、人心世故和利益纠葛等，导致交流困难，政治用语"通气"流于形式，私人友谊的"过心"也被扭曲。长篇小说《手机》除了电影凸显的婚姻和谎言主题之外，也涉及了人与人之间的沟通，说话的"说得着"和"说不着"。严守一四十岁后没有说得着的朋友，后来结识了费墨。严守一和妻子于文娟从开始的说得着到说不着渐渐疏远以致离婚，严守一和沈雪由于说得着走到一起，最后由于阴差阳错的误会、沟通困难导致分手；严守一无论语言和身体都和伍月说得着，但是由于现实的种种限制无法继续说下去。

严守一的父亲老严，一辈子没几句话，后来卖葱认识了老牛，语言开始多了，并会讲笑话了，可是老牛年底算账欺骗了老严。欺骗他占他便宜老严并不怎么生气，老严生气的是老牛和其媳妇占了便宜后一起骂自己。这和《一句顶一万句》中老杨和老马的关系如出一辙，卖豆腐的老杨把赶大车的老马当知己，凡事与他过心，老马则不把卖豆腐的老杨当知己，不仅不与他过心，还从心底看不起他。

小说《我不是潘金莲》中上下各级官员，根据自己的权力意志和利益纠葛形成了一套语言系统，而这官僚系统衍生的语言系统在农村妇女李雪莲面前驴唇不对马嘴，行之无效。李雪莲的前夫秦玉河和朋友赵大头，也因为各自的欲望和利益阻碍着真实的沟通。

所有这一切关于人与人之间交流困难症的主题，在长篇小说《一句顶一万句》中有着集中展现，似乎刘震云终于思考到问题的核心，来一次终极拷问。刘震云说："《一句顶一万句》关注的就是说话，因为一个人滔滔不绝的几千句话，基本上都是废话，但他真想说一句自己的内心的话，却很困难，他必须找到一个能够听他这句话，并且听懂这句话，包括他听了又非常安全和保险的那个人，所以人找人、话找话，在世上是一个特别困难的事情。"

人找人，话找话，就是寻觅知音，在知音那里能够说话有人听，自己得以宣泄喜怒悲欢，听了能懂，懂了能够给自己理顺生活、解决问题。更深层次上说，在理解自己的人那里讲述自己的生活，除了被理解，还能在讲述中获得意义和存在感。

但是语言成为人与人之间最重要的交流工具后，事情就变得复杂了。除了要有掌握语言、驾驭词汇的能力，还要有理顺生活麻烦事的智力，语言本身也具有多义歧义，在不同的人那里展现不同的语义面向。而进行沟通交流的人，又有不同的世界观、性格态度和利益纠缠，相互用同一种语言讲述时往往不在同一个轨道上理解，更何况生活本身极其复杂、变幻莫测。这一切都加重了沟通的困难，用小说里的话说就是"世上的人遍地都是，说得着的人千里难寻"。为了寻找能够一句顶一万句的人，就有了小说《一句顶一万句》中一百多号人的人生形态，这些人分别以各自的方式寻觅、体味着在寻常生活里被淹没隐藏在褶皱里的悲哀。

生活太实，需要一些虚

吴摩西，也就是之前的杨百顺，自从县政府"下岗后"，每天五更起床，揉面蒸馒头，天亮去卖蒸好的十笼屉馒头，年后稍微清闲的时刻想去舞社火，却被妻子吴香香拒绝了。吴香香拒绝他，不是因为不喜欢社火，而是因为吴摩西平时不好好卖馒头，不想着年下多卖些馒头将功补过，心里尽想着玩，可见吴摩西和自己并不是一条心。吴摩西舞社火并不是图个好玩，而是社火里面有"虚"的成分，可以脱离眼前太"实"的生活。他一辈子喜欢听卖醋的罗长礼喊丧，就是因为这喊丧里含有"虚"的成分。罗长礼一辈子做醋卖醋，庸庸碌碌，只有在给人喊丧的时候才有精气神。杨百顺爱的就是这种精气神，以至于他西行路过宝鸡的时候改名罗长礼。

上年在大街上挑水的流浪汉杨摩西，被临时拉去舞社火，扮演阎王，是他一生中最"虚"最高光的时刻。杨摩西，也就是之前的杨百顺，后来的吴摩西，高个大眼，过去埋没在生活中看不出，涂上油彩穿上彩衣，扮起阎王来，又俊俏又俏皮，提肩掀胯，一颦一笑，像个潘安，尤其舞到尽兴处，还自加动作，在延津城的社火中引进了杨家庄的"拉脸"：一边提肩掀胯，一边用手遮住脸，然后一寸寸拉开露出真面目，赢得了众人的齐声喝彩。

《一句顶一万句》写出了人与人之间"说得着"与"说不着"的沟通与孤独，在这话语之外，尤其在《出延津记》部分写了许许多多人物慰藉孤独排遣孤独的各式各样的甚至怪诞的方法。比如赶大车的老马夜里吹笙，杨百利热爱虚实结合的"喷空"，染坊的老蒋通过养猴子和盯着事物看来拒绝与他人交流，竹业社的老鲁白天在脑中想象唱戏谓之"过戏"，延津城的几任县长，老胡爱做木匠活，小韩爱宣讲，老史爱听锡剧，所有这些活动都透着一个"虚"字，让他们脱离眼前的生活，驰骋想象在另一个地方。

这也许就是文学艺术的作用，脱离眼前，在另一个世界里成为另一个人。套一句俗话，生活不止眼前的苟且，还有诗和远方。从赶大车的老马到省长老费，每个人都有各自的"诗和远方"。

《百年孤独》的作者马尔克斯，每当被问起什么是孤独时，总是这样定义：孤独（Solitude）是支持（Support）、同情（Sympathy）与团结（Solidarity）的对立。在魔幻与现实纠缠、中世纪的黑暗和现代化的进程相错乱的拉美历史里成长的人，他们得不到支持、同情与团结，反过来也不懂得如何支持他人、同情他人，更不会团结他人。《一句顶一万句》中的世界和《百年孤独》有相似之处，在各种人情关系、金钱利益、话头倾向、性格个性等因素多层次立体式缠绕纠葛的生活中，这些人得不到别人的支持、同情和团结，也不会去支持、同情和团结别人，所以他们是孤独的。正因为孤独，才会对那些少有的"说得着"的人如此敏感、执着。这少有的说得着的人，无外是另一个相似的自己，这里头也透着"虚"，是生活中稀缺的"虚"。

如此稀缺的"虚"，源自世界里太多的"实"，既没有对宗教的信仰，也匮乏对礼教文化的遵守，过分地追求实用主义，导致想象力、共情力的丧失。

这"虚"，能解构板结的生活，在越是追求实用主义的生活里越是稀缺。培养一些"虚"，多一些基本的想象力，给自己增加一些"虚"的空间，也给他人一些"虚"的能量，这也许就是虚构类文学艺术的意义。

《我不是潘金莲》：生活的荒诞剧

随着冯小刚导演的电影《我不是潘金莲》的热映，小说《我不是潘金莲》也成了热门话题。较之电影情节紧凑的改编和地理环境由北方市井到江南小镇的转换，由267页序言和仅仅16页正文组成的原著（长江文艺出版社，2012年版），更显示了一个作家的创新和野心，原著本身颇经得起阅读和赞美。刘震云的小说给人留有更丰富的细节、阐释空间和阅读趣味，尤其刘氏幽默风趣的语言风格，不故作高深，不文艺腔，大量使用方言，叙事流畅不枝蔓，很接地气，也很喜欢玩文字游戏，开着语言文字和生活现实互文互喻的玩笑。刘震云在小说中运用了零度叙事，用不极端、不批判、不先入为主、不居高临下，甚至不悲悯的叙事语态，细腻呈现了一个悲喜杂糅的中国式荒诞故事，让人笑中哭、嘲中怒。

小说不仅写了北方社会生活景观和残酷的人生现实，还触及了计划生育、官场等话题，但刘震云并不认为这是一部政治小说，而是一部生活小说，用了一个看似荒诞的故事讲述了真切的生活，在荒诞中照见现实，在小人物的悲欢执着里追寻生命的荒诞和残酷。

　　小说中，农妇李雪莲偶然怀了二胎，如果生下来，后果不仅像其他农民那样被罚款三千元，城里化肥厂干司机的丈夫秦玉河还会被开除。不愿堕胎的李雪莲为了两全其美，效仿邻居赵火车的先例，出主意和丈夫假离婚，结果丈夫秦玉河假戏真唱变成了真离婚，又娶了城里的发廊妹，李雪莲弄巧成拙把自己绕了进去，人财两空。不仅如此，她去城里向秦玉河讨说法时，还被秦玉河指责结婚时不是处女，是个"潘金莲"。开始李雪莲只想杀了秦玉河，后经人点拨，"原来惩罚一个人，有比杀了他更好的办法。把人杀了，事情还是稀里糊涂；闹他个天翻地覆，闹他个妻离子散，却能把颠倒的事情颠倒过来。不是为了颠倒这件事情，是为了颠倒事里被颠倒的理"。她想到了告状，证明自己之前的离婚是假的，然后再和秦玉河真离婚。判案的王公道却判李雪莲败诉，她不明白，"明明是假的，咋就变不成假的呢？"层层上访，逐渐被污名化为刁民。为了证明自己离婚是假的、自己不是刁民不是潘金莲，她从县里到市里甚至申冤到北京，演绎了一场微妙复杂的官场故事，最后不但没有把假的说成假的，还把法院庭长、院长、县长乃至市长一举拉下马。上访这二十年，李雪莲的生命充满辛酸、苦涩、无奈，常常陷入尴尬无助的境地，她也倔强、顽固、一根筋、认死理，被视为疯子、刺头、麻烦、刁民，有人动用大量人力物力对她围追堵截，却没有人站在她的角度体谅她理解她，给予她应有的清白和尊严，她所求的只是一个说法，一个常识式的道理。李雪莲开始只是想报复、折腾负心的前夫，后来纯是为了证明自己的清白，讨个说法，可最终落下一个虚无苍凉的结局。

与其说《我不是潘金莲》写一个女性周旋、抗争男权社会，不如说是一个普通平凡的百姓和复杂抽象的官僚系统相遇后，互相误解纠缠、污名抗争和手足无措、自说自话、各怀鬼胎、各行其是，最终两败俱伤。李雪莲除了送礼拉关系，根本不懂法律程序和行政规则，只有闹，想闹个明白。而官僚系统复杂驳杂，利害重重，对李雪莲除了围追堵截，没有谁实际站在李雪莲的角度解决问题。熊培云在《一个村庄里的中国》中这样写道："在每一个村庄里都有一个中国，有一个被时代影响又被时代忽略了的国度，一个在大历史中气若游丝的小局部。"《我不是潘金莲》就描绘了这样一个大历史中气若游丝的小局部，它看似偏远边缘，却对时代问题切中肯綮。

张爱玲的《异乡记》

　　继小说《小团圆》、散文《重访边城》等张爱玲遗作
2009 年先后面世并引起强烈关注之后，2010 年首度公开的游
记体散文《异乡记》，再次掀起阅读张爱玲风潮。台湾《皇
冠》杂志刊登了张爱玲的残稿《异乡记》，同时在香港皇冠出
版社推出的《对照记》"张爱玲逝世十五周年纪念版"的腰封
上用显眼的字体赫然写道："特别收录：张爱玲的珍贵游记体
散文《异乡记》首度公开。"北京十月文艺出版社也以"张爱
玲外集"发行了单行本《异乡记》。张爱玲遗产继承人宋以朗
在介绍该文的文章中写道："既然《小团圆》和《华丽缘》都
跟张爱玲的经历息息相关，那么我们似乎可以断定，《异乡
记》其实就是她在 1946 年由上海往温州找胡兰成的途中所写
的札记了。"宋以朗又在文章《关于〈异乡记〉》中说道：
"《异乡记》以张爱玲往温州途中的见闻为素材，详细补充了
《小团圆》中的第九和第十两章，而当中的情节及意象亦大量
移植到日后的作品内。"

　　《异乡记》手稿并不完整，共八十页，写在笔记本上，以第一人称叙述，讲述了沈太太由上海到温州的途中见闻，现存十三章，约三万字。由于是残稿，如果当作《小团圆》第九、十章的补充可称为小说，可与《围城》中叙述方鸿渐一行奔赴内地三间大学的途中见闻相媲美；单独来看，似乎可以看作叙事体游记散文。正是从游记散文的角度，我们可以把此作当作是张爱玲对中国内陆地理和人文风景的重新发现与认识，尤其是文中对风景与人物的妙语连珠的比喻与描写。

　　原稿的最初题目为《异乡如梦》，关于"异乡"，《小团圆》中有这样一句话："他乡，他的家乡，也是异乡。"对长期生活在繁华洋场上海与香港的张爱玲来说，内陆是陌生甚至是诡异的，如文中充斥着"我看了非常诧异""看了吓人一跳""奇异的感觉"。然而后来"我"却产生了回家的感觉，"黄包车骨碌碌地在鹅卵石小巷堂里拖着，两边的高墙上露出窄窄的一道淡蓝的天，墙头上也偶然现出两棵桃树的枯枝，我到这地方来就像是回家来了，一切都很熟悉而又生疏，好像这凋敝的家里只剩下后母与老仆，使人只感觉到惆怅而没有温情"。

　　1945年日本投降后，全国开始惩除汉奸，胡兰成从武汉逃到南京，从南京逃到上海，后潜逃到杭州、温州一带，辗转多次终于落脚于温州。1946年2月，张爱玲为见胡兰成，从上海千里迢迢赶到温州，尽管之前她和胡兰成的感情业已破裂。"我知道我再哭也不会有人听见的，所以放声大哭了，可是一面哭一面竖起耳朵听着可有人上楼来，我随时可以停止的。我把嘴合在枕头上问着：拉尼，你就在不远么？我是不是离你近了些呢，拉尼？我是一直线地向着他，像火箭射出去，在黑夜里奔向月亮；可是黑夜这样长，半路上简直不知道是不是已经上了路。我又抬起头来细看电灯下的小房间——这地方是他也到过的么？能不能在空气里体会到……但是——就光是这样的暗淡！"就是这样的心情，"沈太太"（张爱玲）强忍着脚上的冻疮和重伤风踏上旅途，战乱中千里迢迢寻找她的丈夫，抑或她的情人拉尼。如此，我们看到了《异乡记》中以一个失落女子的心态和视角来观察陌生的旅途风景，比如对车站，她这样描写："天还只有一点蒙蒙亮，像个钢盔。这世界便如一个疲惫的小兵似的，在钢盔底下吨着了，又冷又不舒服。车站外面排列着露宿扎票的人们的铺盖，簟席，难民似的一群，太分明地仿佛代表着什么———一个阶级？一个时代？巨大的车站本来就像俄国现代舞台上那种象征派的伟大布景。我从来没大旅行过；在我，火车站始终是个非常离奇的所在，纵然没有安娜·卡列妮娜卧轨自杀，总之是有许多生离死别，最严重的事情在这里发生。而搭火车又总是在早晨五六点钟，这种非人的时间……灰色水门汀的大场地，兵工厂似的森严……任何人到其间都不免有些仓皇吧——总好像有什么东西忘了带来。"

她卖了金首饰，在姑姑的反对下执意要去寻找拉尼，在对早上车站的描写中，车站似乎饱含隐喻的一座俄国现代剧舞台，舞台上演绎着卧轨的安娜·卡列尼娜等许许多多的生离死别，安娜似乎是她千里寻夫的一个隐喻，她有像安娜一样的忐忑和绝望。天空像个钢盔，世界像个疲惫的小兵，场地森严如兵工厂，等等这些战争的符号隐喻着这个战乱的年代。她不得不在个人爱情的角度之外思考自己所处的时代以及所处的世界，这便形成了《异乡记》中的第二个视角。如果说第一个视角是个人的、向内的，那么第二个视角便是对时代、对生命的思考。如第十章对乡村舞神的描写："一个个尽态极妍地展示着自己，每个都是一朵花，生在那黄尘滚滚的中原上。大概自古以来这中国也就是这样的荒凉，总有几个花团锦簇的人物在那里往来驰骋，总有一班人围上个圈子看着——也总是这样的茫然，这样的穷苦。"

依旧是舞台的隐喻和象征，自己此时做个旁观者，也是自己生活戏剧的旁观者，正如自己这次经历后写的小说——《小团圆》，以一个亲身经历的乡下戏剧的名字命名。回顾着、感叹着这片土地上的历史与生命，无论圈里圈外、看与被看，总是这样的茫然、这样的穷苦。

第十三章关于"丽水"的描写："然而木排过去了以后，那无情的流水，它的回忆里又没有人了。那蓝色，中国人的瓷器里没有这颜色，中国画里的'青山绿水'的青色比较深，《桃花源记》里的'青溪'又好像比较淡。在中国人的梦里它都不曾入梦来，它便这样冷冷地在中国之外流着。"似乎有淡淡的忧伤，又有悲天悯人的色彩，更加带有如此笔调的是第七章关于对砍柴翁一家三口的一系列刻画和第六章关于杀猪的系列情节的描写。

柯灵在《遥寄张爱玲》里批评张爱玲，"平生足迹未履农村……怎么能凭空变出东西来"，但从《异乡记》中我们可以看到，其实张爱玲有仔细观察农村的经验。从上海到温州，这一路她走了好几个月，沿途在农村留宿，有的地方一待就是一个月。在《异乡记》里，她记录了农民的许多生活情景，包括过年杀猪等。《十八春》《秧歌》《小团圆》都有从《异乡记》中取来的现成片段，《秧歌》里有一段写杀猪，就跟《异乡记》里的一模一样。《小团圆》里写农村的一段则是对《异乡记》的缩写。《异乡记》没写完的旅途的后半部分，可以与《小团圆》互文。

张爱玲对乡村经验的描写掺入了哀婉的个人视角与悲天悯人的情怀，使《异乡记》在与《小团圆》等作品形成互文的情况下，亦能独立成书，当作叙事体游记散文。正如张爱玲在给邝文美的信中写的："我自己觉得非写不可（如旅行时写的《异乡记》），其余都是没法才写的。而我真正要写的总是大多数是不爱看的。《异乡记》——大惊小怪，冷门，只有你完全懂。"

如此在两个观察角度、不同距离的转换所形成的张力中，在自己感情和风景的描写之间使经验与风景互相建构与生成，使张爱玲的感情体验弥散到更大的空间时间中。就像《异乡记》没有写到见到拉尼就结束了，她在再次追忆中体验的是更大的世界的伤痕景观，淡化并转化了自己最初寻觅拉尼时沉郁的个人情怀。

京派、海派文学的区别之一是，京派的主要文学题材多来自农村或偏远山区，如沈从文勾画的湘西世界，废名建构的黄梅县和京西郊区等，而海派文学主要以都市为主。作为海派文学代表的张爱玲主要写作背景是上海或香港等都市生活和旧家族，正如上文柯灵所言，张爱玲足未履农村当然写不出农村题材。当张爱玲写乡土中国经验时，比之京派乡土写作那种世外桃源式的美化，张爱玲笔下的农村依然充满了破碎景观和生命的残酷，依然带有张爱玲式的敏锐观察。

零陵石燕，风雨则飞

第一次知道钟叔河老先生的名字，缘自《知堂序跋》。钟叔河是周作人作品在新时期的力推者之一，其个人亦多有小品文创作，文风属周作人一脉。初读周作人散文，为其美文小品所吸引，叹服他的博识和优游，欣赏他读书作文的心态，尤其《喝茶》中"喝茶当于瓦屋纸窗之下，清泉绿茶，用素雅的陶瓷茶具，同二三人共饮，得半日之闲，可抵十年的尘梦"，短短几句话、几十个字就勾勒出了生命的意蕴、散文的境界。周作人先生后来做了"文抄公"，就少有这样宁静的心态和趣味了，从阅读层面来说，文章确实有钱锺书所谓的"骨董葛藤酸馅诸病"。文章染乎世变，风格的转变或许和当时的社会环境、写作心态的转变有关，非我等局外人能信口臧否。

近来阅读钟叔河先生的《念楼小抄》《念楼学短》《学其短》等著作，虽然作者也自谦文抄，是既散且杂的即兴之作，可一气读完，迥然别于一般文抄，从世态变迁、政治制度到人性善恶、风俗人情、言辞应对，幽默风趣，如坐春风，令人莞尔，让人感慨，叹服钟老先生的文笔犀利、博闻卓识，尤其《儒生盗墓》《小人的特征》《赵夫人嫁女》几篇，直击社会、人性，《习字的乐趣》《树若有情时》《雪景》等篇颇具境界。且笔锋常带感情，真是"庾信文章老更成，凌云健笔意纵横"，铁肩担道义，辣手做文章。冉云飞评论《念楼小抄》说："钟叔河先生的文章短小，隽永可颂，识见特出，不独有传统的根柢，更有民主自由之视角，洵老辣作文者之翘楚也。"读古书选古文就怕迷信古人、拘泥于古文，乃至无原则地崇拜古文，捧古人臭脚，冉云飞认为钟叔河的学其短笔记系列，"不独有传统的根柢，更有民主自由之视角"，融合传统文化与现代视角，的确是道出了钟先生这批小品文的三昧。

经过现代启蒙运动的洗礼，德先生和赛先生已经声名远播，民主和科学渐为人们熟知。单就人文层面的践行来讲，民主业已深入人心，有诸多文人学者鼓呼，可是赛先生所代表的科学精神却鲜有涉及。事虽小而见大，比如《念楼小抄》中《石燕能飞吗》一篇就写到了科学历程的不容易。

古书说："零陵石燕，风雨则飞。"宋代郎中谢鸣在山里读书时见到石燕，用笔一一标识。他发现，当太阳久晒，石燕被晒得滚烫时，突然天降暴雨，冷热相激石燕便掉了下来。可见石燕是一种古生物化石，风雨时偶尔可能从石壁下落，"风雨则飞"绝不可能。自郦道元著《水经注》起一直都有人如此说，清末宁乡黄本骥《湖南方物志》仍认为石燕能飞，"询之土人，其飞如故，每风雨，则山间历落有声"。

钟先生由此感叹："谢鸣在宋代就能怀疑旧说，用实验的方法寻找答案，这便是科学精神的萌芽。七百年后的黄本骥明明听到山间历落有声，也不肯实地去看一下，看到底是冷热相激使石头迸落，还是石燕能飞。看将起来，科学的历程，也不是那么容易走得过来的。"

在生活中，在读书中，能够用实验的方法、科学的精神去考察、怀疑原有的成说成见，这就是科学精神的萌芽。科学精神不仅仅局限在科学领域，人文领域尤其需要有科学精神。

并不是只有石燕能飞这样荒谬的事情，几百年前苏轼就呼吁："事不目见耳闻，而臆断其有无，可乎？"甚至，许多事情即便是耳闻目见也不一定是事实，许多简单省事的主观臆断往往带有一厢情愿的成分，把自己的情感形态加诸动物植物等物象，最终差之毫厘谬以千里，这就造成了很多关于动物的谣言。

周作人在《猫头鹰》一文中就替猫头鹰鸣不平："其实猫头鹰只是容貌长得古怪，声音有点特别罢了。除了依照肉食鸟的规矩而行动之外，并没有什么恶行，世人却很不理解他，不但十分嫌恶，还要加以意外的毁谤。中国文人不知从哪里想出来地说他啄母食母，赵鹿泉又从而说明之，好像是实验过的样子。"猫头鹰这种鸟类只是长得丑，又有恶声，常常被喻为不吉利的象征，到处被驱赶。从许慎、陆玑开始，除了认为其不吉利，又被命名为不孝之鸟，传说母猫头鹰老去之后不能捕食就会被小猫头鹰们争相啄食。不孝在中国古代是最大的罪恶，最不好的名声。姚元之在笔记《竹叶亭杂记》中叙述了自己的所见所闻，他在猫头鹰窠穴中发现了骨头，认为印证了猫头鹰食母的传说。目见耳闻不一定就是事实，周作人通过阅读英国怀德的《色耳邦自然史》和斯密士的《鸟生活与鸟志》发现，同样是在猫头鹰窠穴中找到骨头，怀德和斯密士经过科学实验与观察，弄清楚了，猫头鹰窠穴中的骨头并不是来自它们的母亲，而是猫头鹰从嗉囊中吐出的鼹鼠、小鸟和田鼠等猎物的骨头，这些骨头对猫鹰有助消化的作用。

中国古代士大夫们缺乏科学精神，对猫头鹰的伦理道德批判是怎样的可笑。世上莫须有之事，捕风捉影之人，又何其多。像这样没有事实根据想当然的主观臆断，拉着道德的虎皮造谣生事，又岂止是对猫头鹰。

不独周作人，鲁迅在《春末闲谈》中也说："老前辈们开导我，那细腰蜂就是书上所说的果蠃，纯雌无雄，必须捉螟蛉去做继子的。她将小青虫封在窠里，自己在外面日日夜夜敲打着，祝道'像我像我'，经过若干日，——我记不清了，大约七七四十九日罢，——那青虫也就成了细腰蜂了。"《诗经》中也说："螟蛉有子，果蠃负之。"传统道德倡导老吾老、幼吾幼，连细腰蜂这样的生物都在践行，真是天地一片祥和。讲究科学的法国昆虫学家发勃耳（Fabre）经过仔细观察之后发现，"这细腰蜂不但是普通的凶手，还是一种很残忍的凶手……她知道青虫的神经构造和作用，用了神奇的毒针，向那运动神经球上只一螫，它便麻痹为不死不活状态，这才在它身上生下蜂卵，封入窠中。青虫因为不死不活，所以不动，但也因为不活不死，所以不烂，直到她的子女孵化出来的时候，这食料还和被捕当日一样的新鲜。"鲁迅先生反讽道："究竟是夷人可恶，偏要讲什么科学。科学虽然给我们许多惊奇，但也搅坏了我们许多好梦。"

螟蛉之子这样的伦理道德的好梦自然是人人期望看到，可是有多少人像细腰蜂那样表面上假借着伦理道德的大话，事实上却是践行残忍的伤害？不只在求知过程中需要科学精神，生活中亦非常需要这种仔细辨别的科学精神。如今许多市场营销手段泛滥，许多人打着关怀、爱心等美好口号，行欺骗侵害之实。

鸿门宴：被写傻的项羽

　　多少年后，面对汉军的重重围困，将要乌江自刎的项羽一定会想起，亚父范增为他谋划在鸿门宴上刺杀刘邦的那个遥远的下午。

　　历史上，鸿门宴被看作是项羽和刘邦楚汉之争的重要节点。或者照从后往前看历史的习惯，鸿门宴上，包括刘邦装作如厕逃跑之后，项羽都完全有实力有机会诛杀刘邦——这个将来和他争夺天下并取得胜利的对手，可惜项羽没有听从范增的计策，让刘邦侥幸逃脱，最终做大做强，逼迫项羽走投无路自刎乌江。这不无遗憾，《史记》写鸿门宴，结尾连缀上范增的预言："夺项王天下者，必沛公也，吾属今为之虏矣。"

　　那么，《史记·项羽本纪》中设下鸿门宴的原因是什么呢？

　　1. 楚军行到秦地，"函谷关有兵守关，不得入"。

　　2. 从汉军曹无伤派人传递的情报得知，刘邦想割据关中称王。而且"珍宝尽有之"，霸占了秦国的珍宝。

3. 范增劝告项羽，刘邦志在天下，有天子气，"急击勿失"。

4. 明知失策，不能和项羽一战的刘邦，在危急之时，前去鸿门赴宴解释并请罪。

在司马迁的叙述下，项羽此刻诛杀刘邦是明智之举，范增在劝说项羽杀刘邦失败之后私自安排项庄舞剑也失败了。刘邦从小路逃跑之后，项羽仍有机会杀刘邦，可以立即出兵攻打刘邦部，这样一来鸿门宴就可有可无了，无碍大局。可惜项羽傻傻地错过了这些大好时机。可是读完鸿门宴这段，项羽真如司马迁写得那么傻吗？以至于后来的戏剧作品都把项羽勾勒成一个大花脸，一个失路英雄，一个傻傻的呆霸王？

首先我们看看《史记·项羽本纪》中鸿门宴之前的项羽。此时项羽干了三件大事：

1. 杀宋义，夺军权。和秦军章邯定陶之战后，项梁兵败战死，楚怀王合并了楚军，尤其是项羽军，"自将之"，之后将军权交给宋义，任命宋义为上将军，项羽为次将，"诸别将皆属宋义，号为卿子冠军"。宋义在军中压制项羽。后项羽在军帐杀了宋义，"诸将皆慑服，莫敢枝梧"，"楚王因使项羽为上将军"。

2. 钜鹿之战，称霸诸侯。夺取军权之后，项羽率部破釜沉舟，九战九捷，大破秦军，杀苏角，俘王离。当时赶来钜鹿的诸侯军队有十余支，"莫敢纵兵。及楚击秦，诸将皆从壁上观。楚战士无不以一当十，楚兵呼声动天，诸侯军无不人人惴恐。于是以破秦军，项羽召见诸侯将，入辕门，无不膝行而前，莫敢仰视。项羽由是始为诸侯上将军，诸侯皆属焉。"三个"无不"写出了项羽和楚军的威名，项羽成为天下反秦力量的首领。

3. 招降章邯，立亡秦之功。和章邯对峙时，项羽对章邯进行游说，许章邯分王秦地，立章邯为雍王。然后在新安坑杀投降秦卒二十余万。

上面三件事，说明项羽有勇有谋，行事果断，不可能是鸿门宴上范增说的"君王为人不忍"，不是傻傻地只知道喝酒的呆霸王。坑杀降卒二十余万，甚至可说其有些残忍。

那么鸿门宴上，项羽为什么要放过刘邦？是刘邦、张良、樊哙等人机智多谋，还是项羽有意放纵？先从刘邦、项羽的前后关系分析，鸿门宴之前的刘邦和项羽是同事关系，都在名为楚怀王实际由项梁领导的楚军中。项梁死后，楚怀王封刘邦为武安侯，项羽为鲁公。再次相见于鸿门时，项羽已经是天下的霸主，取代并超越了叔叔项梁的位子。而且在与章邯议和时，许诺章邯等人关中之地。刘邦竟然趁项羽和秦军主力在河北大战时破秦入关，勿纳诸侯。这就使项羽必须出兵攻击，打掉这个不服从管理的人。

然后从项伯、刘邦和樊哙的托词中条分缕析：

1. 刘邦和项羽合力攻秦，一战河南一战河北，首先表明不是敌对关系。（刘邦语）

2. "不自意能先入关破秦"，属于偶然因素，刘邦没有私

自称王的意思，乃小人挑拨。（刘邦语）

3. 刘邦入关，"秋毫不敢有所近"，"而待将军。所以遣将守关者，备他盗之出入与非常也。日夜望将军至，岂敢反乎"。（刘邦语）

4. 刘邦先破秦入关，是为项羽打头阵。"今人有大功而击之，不义也"。（项伯语）

5. 樊哙综合了刘邦和项伯的话，强调并增加了一个反面例子，"劳苦而功高如此，未有封侯之赏，而听细说，欲诛有功之人。此亡秦之续耳"。

刘邦、项伯、樊哙的游说，层层递进，不断确定并深化刘邦和项羽的关系。什么关系呢？首先，二人不是敌人。其次，刘邦效忠、服从项羽。第三，刘邦为项羽攻下关中，有功，需要封赏。第四，项羽已经是公认的天下霸主，如果杀了刘邦，不义，怕其他诸侯不服。根据上面的理由，刘邦既然归顺，项羽又何必多此一举，诛杀刘邦呢？

刘邦当时为什么要据关勿纳诸侯？这在《史记·高祖本纪》中有明白清晰的记载："或说沛公曰：'秦富十倍天下，地形强。今闻章邯降项羽，项羽乃号为雍王，王关中。今则来，沛公恐不得有此。可急使兵守函谷关，无内诸侯军，稍征关中兵自益，距之。'沛公然其计，从之。"可见刘邦霸占关中并不是要争夺天下，不过是想分封时占得一个好地盘。

而范增劝项羽诛杀刘邦的理由是，刘邦有"天子气""夺项王天下者，必沛公也"。刘邦将来会和项羽争夺天下，所以先杀之以绝后患。大家之所以站在范增的立场上、理解、思考鸿门宴，主要是因为刘邦后来赢得了天下，创立了汉朝。是典型的后观视角，后来发生的事情改变了之前的历史，改变了对当时历史的理解。

秦统一六国，秦王称帝，建立集权制国家，这是历史的趋势，政体由诸侯分封的封建制到集权帝国制（此处封建一词沿用其本义）。但是当时人的意识总是落后于时代趋势。民国时期著名的历史学家吕思勉在《中国通史》中把这段秦汉之际的历史命名为"秦汉间封建政体的反动"，这段历史结束的界限，并不是楚汉争霸刘邦胜出当皇帝，而是到汉武帝时期，汉武帝用主父偃的策略以和平手段消灭分封制，建立中央集权的汉帝国。"统一虽然是势所必至，然而人的见解总是落后的，在当时的人，怕不认为是合理之举，甚至认为是反常之态。""既称秦之灭六国为无道，斥为强虎狼，灭秦之后，自然无一人专据称尊之理，自然要分封。"分封后的天下，楚怀王以空名尊为义帝，就是假皇帝，项羽以西楚霸王掌握实权，这是模仿东周以后，天子仅拥有虚名、实权在霸主的体制。从当时社会意识看，项羽脑中只有秦始皇使用的皇帝这个名词，并无后世帝国制皇帝这个概念，又何以在鸿门宴上与刘邦相争呢？退一步说，刘邦当时只是天下诸侯中的一支，远未到楚汉争霸的局势。范增的"天子气"恐怕是司马迁根据汉武帝时期的意识形态而理解、虚构的。

即便是汉高祖刘邦后来当了皇帝，这个"皇帝"也只是一个名号，和司马迁所处的汉武帝时代的集权帝国制的皇帝概念无关。"汉高祖的灭楚，以实在的情形论，与其说是汉灭楚，毋宁说是许多诸侯，亦即许多新崛起的军队，联合以灭楚，汉高祖不过是联军中的首领罢了。楚既灭，这联军中的首领自然享有一个较众为尊的名号的资格，于是共尊汉高祖为皇帝。然虽有此称号，在实际上未必含有沿袭秦朝皇帝职权的意义。做了皇帝之后，就可以任意诛灭废置诸王侯，恐怕是当时的人所不能想象的，这是韩信等在当时所以肯尊汉高祖为皇帝之故。""汉高祖灭楚之后，即从娄敬张良之说，西都关中，当时的理由是关中地势险固，且面积较大资源丰富，易于据守及用以临制诸侯，可见他只想做列国中最强的一国。"等到后来吕后灭异姓诸侯，汉文帝到汉武帝削弱同姓诸侯，建立统一集权的汉帝国，成为后来真正意义的皇帝，则是后一段历史了。

当代历史学家李开元在《秦崩》中区分了"三个历史的概念"，第一历史就是真实的历史，当时实实在在发生过的事情；第二历史就是遗留下来的材料、史料；第三历史就是史书。后来发展为"三＋N"，即"史实、史料、史书＋N个延伸"这样的历史学知识结构。我们学习历史和阅读研究历史的时候，最好先区分是史料、史书以及史书的延伸。理论界兴起的新历史主义批评，也强调历史是充满断层和歧义的叙事，历史书是由语言文字构成的论述，这种论述是根据当时的时间、地点、观念建构的。语言文字并不是单纯的记录记载，语言本身就是渗透了当时意识结构的一种表达。李开元教授澄清了"《史记》严格意义上不是史料，而是史书"，而且是和文学有着千丝万缕联系的史书。司马迁的历史叙事，是带有个人的和社会意识形态的理解与叙述。

　　司马迁以汉武帝时期的意识形态理解鸿门宴，把项羽塑造成一个傻傻的呆霸王形象，是受当时意识形态的束缚，而且当时也没有梳理观念史的历史学意识。

爱情，泛滥的话题

梁文道的《我执》，书前有一篇香港作家邓小桦写的序——《星辰也有忧郁的影子》，写得很精彩，其中有一段谈到为什么爱情是文学的重要主题：

> 为什么爱情、死亡和战争是人类文学史上三个最重要的主题？我想是因为这三件事物都会将一个无法内化的绝对他者、一种无法掌控的陌生状态强行置入个体的生命。而如鲍德里亚所说，战争现在已变成不可见的按钮游戏，杀人不见血；而日常的死亡已经被干净文明卫生的医疗系统隔离，爱情就一枝独秀地成为今日最普遍的经验及主题，经得起无穷诠释。正如那个耳熟能详的神话：人在被创造时本是完整的同体生物，后被分成两半，孤独的一半流落世上，永远追寻那与自己完美相合的另一半。爱情是对完满的追求，而其基础是核心性的匮乏……那么，我们正是在无法接近爱情的时候，才能

更透彻地理解爱情的核心与本质。

从历史语义学方面考索，爱情这个词，起源于文艺复兴时期，因应着资本主义兴起，和强调个体价值的资产阶级意识形态伴随而生。现代社会，人人崇尚的理性祛除了环绕在世界表象的灵魅，不再恐惧于黑暗的神祇，先进的医疗技术把死亡隔离在医院病房，各种繁复的交流形式和契约制度斡旋着世界各个主体之间的冲突，即便是战争也逐渐成为科技的游戏，大多数人无法直接参与。仅剩个体间的爱情成为最后的神话，成为万能的理性主义不可破解的谜。爱情成为社会文化的核心话题，但爱情因其并非一个本质主义的实体，与其错综复杂和个人体验极强的特征，无法化解。

如前文邓小桦所述：爱情的基础是"核心性的匮乏"，那么爱情话语的核心在于因匮乏而激起想象，"只有感到失去爱情而又不能在感性的抒情话语中安顿自己的人，才会那么渴望一个能够继续生产意义的符号系统，这系统能够让主体停留在'爱情的感受'中，咀嚼那些令人肝肠寸断的表征（signifier）。等待、音讯、拒绝、错误、隔绝、回忆，细节无穷"。爱情成为现代社会基本的意义寻求资源，最起码的想象力源泉。当然也不乏对此的调侃，最有趣的是托尔斯泰的《战争与和平》，安德烈公爵鼓起勇气告诉隐退秃山（后来译为童山）的父亲准备再婚娶娜塔莎时，老公爵毒舌道："结婚是想象战胜了理智，再婚是希望战胜了经验。"

　　消费社会中有需求就有生产，文化产业通过各种形式的声音、影像和符号，提供了这些爱情的表征，制作、复制、传播各种爱情的抒情话语和符号系统，导致爱情故事爱情修辞如污染物泛滥成灾。我们随便走在大街上，随意打开电视机，听到看到铺天盖地的都是爱情的话语形式，它们粗暴地影响和塑造着我们。就如梁文道在《八月十三日　模式与个人》里的分析：

　　　　因此最好的流行情歌无不具有强烈的个人风格，尽管它动用了机械化的节拍、旋律与和声模式，尽管它的歌词可能离不开一系列仿佛来自'填词常用语手册'一类的语汇，但它说了一个独一无二的故事……其长项就在于模拟各种虚构而实在的处境，让听者各取所需，同时又赋予它们非常鲜明的人格特质。

　　　　当恋人陶醉在这样的乐曲之中，他其实是在进行一种复杂的诠释过程，不断在乐曲与个人经验之间来回修剪，好使其完全合模，化身成最私己的信息。

　　我们应和着这些爱情话语模式，这些话语模式也塑造着我们。自从有了小资教母张爱玲的《红玫瑰与白玫瑰》，似乎人人心里都有这样的感慨："也许每一个男子全都有过这样的两个女人，至少两个。娶了红玫瑰，久而久之，红的变成了墙上的一抹蚊子血，白的还是'床前明月光'；娶了白玫瑰，白的便是衣服上的一粒饭粘子，红的却是心口上一颗朱砂痣。"有的、没有的都这样感慨，可惜了有些无辜的人在分手之后又硬生生地被模式化为红玫瑰或白玫瑰。这真是文学取材于生活，生活又反过来模仿了文学。

张教母的红玫瑰与白玫瑰的发明有些平面化，后现代哲学家鲍德里亚也未能免俗，在他的《冷记忆》中看到过这样一句："每一个男人都非常害怕不再有某个女性或任何一个女性形象来照料他。任何人都不能在没有女性形象宽恕的情况下生活……选择似乎就在两个女人之间。"一个女人向你保证世俗的美学原则，另一个则具有精神的神秘性，作为永恒的意义源泉。

你爱的是对方还是正在戏剧化的自我？

夏氏兄弟以文学评论著称于世，尤其是夏志清的《中国现代小说史》，在现当代文学研究领域影响深远。相比于弟弟，英年早逝的夏济安，除了几个较有成就的学生如白先勇、叶维廉等，留给后世的文学身影较为模糊。夏济安去世后，夏志清整理其遗物时发现了哥哥的日记，记载了1946年1月到9月的详细生活。这是一部有名的爱情日记，所记时间不到一年，主要记录了夏济安这年的一场苦恋。这是爱情、友情、亲情的真实记录，对了解和研究20世纪40年代后期部分受西方文化影响的知识分子的心态、治学和交友具有不容忽视的史料价值。

民国时期的许多学者日记，比如浦江清清华园日记、吴宓日记，都留下了私密的感情记录。客观来说，这些学者对待感情大多敏于感受短于实践，明于礼义，陋于知人心，对于感情细节过度解释，对自己的感情基础太多怀疑，在犹疑与反省中徘徊，一切更接近于自己的遐思遥想，自己一厢情愿地想象叙事。鲜明的另一例子是诗人卞之琳，卞之琳年轻时爱慕张氏四姐妹中的张充和，与其接触交往时隐忍克制不善表达。美国人傅汉思来华后对张充和一见钟情，果断开始了热烈的追求，最终情成伉俪，双双赴美任教于哈佛、耶鲁等大学。

这一切特征在《夏济安日记》中体现很多。如：

"有空就想 R·E·，怕不要成了相思病！"（元月二十五日）

"相思病昨今两日未发。我想我的立场很不清楚，我究竟要求些甚么？已经是师生关系，不能随便请人做'朋友'，而且世界上没有勉强人家做朋友之事。强迫人家做'爱人'，更是没有理由，因为人家未必爱你。求婚吧，我那里有这个力量结婚？"（元月廿七日）

"我平生只有单恋，并无恋爱。"（二月一日）

"R·E·坐在第一排，看见了不免又动心，发现一点：左手无名指上有一枚翡翠金戒，不知何所指。她好像知道我有意思，从不敢用眼睛正视我。"（二月六日）

"她只对我说了一句话——这一句话使我高兴一上午，上七至八、八至九两堂课，精神兴奋，倍于往昔。"（二月十二日）

"关于我的意中人，我如得不到她，我将一生不会快乐的了……可是我怀疑，即使得到了她，我能否快乐。人生大致快乐最难，可是我应不顾后果如何，放出勇气来追求。如果我再

拿不出勇气来。我的一生大致也将干瘪掉，庸庸碌碌的活下去，不会有什么成就了。"（二月二十一日）

"对于恋爱一事，决定采取此一态度：即预备独身，不存任何希望，死心塌地，天要把我们撮合起来，由天去。"（七月十日）

"我的痛苦，所以比别人深，是因为我既然生得特别敏感，又不能在任何地方得到一些安慰。我只是以一个弱者的意志，拼命的对抗着无情的命运而已。"（八月六日）

对于哥哥这种自恋式的爱情，沉溺在自我戏剧化的想象中不可自拔，夏志清多次提醒："要爱一个真实的人就要有真实的行动。爱只有在行动中体现出来，不断地揣摩对象和反省自己的内心，只能使爱无始无终。"他甚至尖锐问道："此刻，你爱的是对方还是正在戏剧化的自己？"

是啊，此刻，你爱的是对方还是正在戏剧化的自我？

这让我想起《平凡的世界》中的孙少平，许多读者对小说中孙少平、田晓霞的爱情困惑不解。面对田晓霞的热情追求，甚至表白，孙少平一方面享受着田晓霞的青睐带来的自信与虚荣，另一方面却只在乎自己内心的世界，他深入骨髓的自卑、拖累他的家庭、他不能带给爱人物质化生活的愧疚、他将要牺牲自己的爱情成全田晓霞的幸福等。他在有意无意地为自己对田晓霞的冷漠加持上奉献的光环，而不真切地问一问田晓霞真的想要什么，在不在乎这些。他沉溺在牺牲奉献的戏剧化自我之中，一方面他想通过自己的奋斗打破城乡二元化偏见，一方面他对城乡二元化的偏见比谁都深入骨髓地认同。

　　生活中，孙少平这样的情感模式，夏济安的这种情感特征，很具有一般性，许多陷入爱情中的人都有这种倾向，因为爱情本身就是一场过度阐释的符号学，一场重新发现自我、思辨自我的戏剧。

平静之歌：小杏或一个发语词

　　光头于坚的《给小杏的诗（第二首）》，温柔缠绵得似乎不像于坚的风格："小杏/在人群中/找了你好多年/那是多么孤独的日子。"这注定是写给小杏的诗——无论小杏这个普通女孩的名字或者名字普通的女孩是真实存在还是虚构，抑或有真实原型的虚构想象，她都构成了诗人倾诉的对象。对象，余生也晚，没经历过对象这个词作为女朋友或未婚妻语义存在的时期，但这个词确实拥有更深的语义张力。一个人理解、喜欢或憎恨的更多的是一种自我对象化的世界，人对世界的符号化很大一部分是其自身的一种投射，以我观物，故物皆着我之色彩。许多人的言语无论叙事或抒情，对喜欢的人与物等诸多事物都具有自我的投射色彩，语言的出现进一步推进了这种想象能力，它首先是通过对外在之物进行语言修辞完成的。

　　小杏，作为诗人抒情的对象，作为这首诗的合法读者和抒情对象，这个形象很大部分来自诗人的自我对象化的投射，是诗人"心灵最温柔的部分"的投射，是诗人内心孤独寂寥时候的抒情对象和倾听者。作为男子汉，作为社会奋斗者的诗人有更多坚强的外壳，然而在许多社会角色面具之下，保有内心柔软脆弱的部分，只有孤独的时刻才会显现。这些温柔脆弱、暗夜的部分必须有一个倾听者，这个真实或者虚拟的倾听者有时是母亲，有时是情人或妻子，有时是上帝，但对于一个既已成人也没有上帝信仰的诗人来说，这个倾听者更多是情人，最好是一位介于真实与虚拟之间的、远方的、错过的、富有魅力的人物形象，这样才能比真实的妻子或情人承载更多的想象，更能激发叙事的欲望，也有更多的抒情空间。"我像人们赞赏的那样生活/作为一个男子汉/昂首挺胸　对一切满不在乎/只有夜深人静的时候/我才拉开窗帘/对着寒冷的星星/显示我心灵最温柔的部分/有时候　我真想惨叫/我喜欢秋天　喜欢黄昏时分的树林/我喜欢在下雪的晚上　拥着小火炉/读阿赫玛托娃的诗篇/我想对心爱的女人　流一会儿眼泪/这是我心灵的隐私/没有人知道　没有人理解/人们望着我宽宽的肩膀/又欣佩　又嫉妒/他们不知道/我是多么累　多么累。"对于小杏，从名字这一修饰来看，只是一位普通的女孩，但除此之外诗人还提到一位女性形象，一个来自诗歌文本的诗人形象——阿赫玛托娃，这位来自俄罗斯的诗人无疑在诗人的心中占据女神的位子，"读阿赫玛托娃的诗篇"，这个动作更进一步加强了诗人对抒情对象的想象——一个融合普通生活气息的女孩和女神的倾听者，或者两者的分裂构成诗人痛苦的一部分。作为普通女孩的小杏也许曾经给予孤独彷徨的诗人以普通生活的安慰，追求形而上的诗人有时会更向往普通的生活，"小杏　当那一天/你轻轻对我说/休息一下　休息一下/我唱支歌给你听听/我忽然低下头去"。然而这还不够，诗人天性追求想象远方追求生活在别处，诗人的抒情对象不仅仅是一个完全沉浸在生活的柴米油盐之中的人，必须有阿赫玛托娃化的想象，"许多年过去了/你看　我的眼眶里充满了泪水"。其实阿赫玛托娃的出现也暴露了诗人的矫情与自恋。

　　这种自我对象化的女性形象也出现在另外一些诗中，如江非的《鹰》。这首诗的分裂不是来自抒情对象作为普通女孩和诗歌女神无法融合的分裂痛楚，而是来自诗人本身。诗人以奋力飞翔遨游天空的鹰自诩，把倾听的对象拟物化为小燕，但是这只鹰并不渴望永远遨游在高空，也希望能够回归大地，这似乎隐喻着渴望卓越成功的诗人在奋斗失败的时候或奋斗过程中回归到平常的生活，就如李斯被腰斩街市的时候对儿子说渴望回到牵黄狗游于上蔡东门的那种平常日子，成功并不能完全满足自己，也需要弥补普通生活的遗憾。诗人希望在其间找到一种平衡，"小燕，我多想让你也分享到/这只鹰的理想/小燕，我多想让你/也注意到云层上的那一片天光/小燕，你坐在门槛上/淘米、择菜、洗衣裳/黄昏降临了/你轻轻地把院门合上"。这注定是一场自恋和分裂，而作为抒情对象的小燕不过是作为鹰的附属、作为鹰的对比而存在。

胡弦的《平静之歌》中作为抒情对象的朵儿也许更加自足，少些诗人自恋意味的想象与改写。《平静之歌》是一个已经踏入平静年龄的诗人对曾经爱恋对象的一种抒情，作为抒情对象的朵儿容纳了诗人青春的追忆、人到中年事事休的悲慨和年华不再的无奈，"我仍然会爱你。/我将仍然是你店里的常客，/我会平静地看着你，和你说笑。/而当你干活儿累了，轻轻/甩一甩头发，/哦，你额上一条新增的皱纹，/将会再次连上我内心的隐痛。"

诗歌是一种内心的话语，面向更柔软的部分，而这些内心部分的抒情对象和倾听者中更多的是一种充满诗人自我内心投射和想象的女性形象，为何诗歌中多情诗？也许每个人都渴望在自己失落时能拥有一个倾听自己内心低语并给予安慰的女性形象，面向追忆、想象、内心风景。

作为一种稳定形式的婚姻

　　林语堂在《苏东坡传》中有一段对婚姻的感慨："在根本道理上看，早婚，当然并不一定像苏氏兄弟那么早，在选择与吸引合意的配偶时，可以省去青年人好多时间的浪费，和感情的纷扰。在父母看来，年轻人若能把爱情恋爱早日解决，不妨碍正事，那最好。在中国，父母自然应当养儿媳妇，年轻的男女无须乎晚婚。而且一位小姐爱已经成为自己丈夫的男人，和爱尚未成自己丈夫的男人，还不是一样？不过在拼命讲浪漫风流的社会里，觉得婚前相爱更为惊奇可喜罢了。无论如何，苏家兄弟婚后却很美满。但这并不是说由父母为儿女安排的婚姻不会出毛病，也不是说这样的婚姻大多都幸福。所有的婚姻，任凭怎么安排，都是赌博，都是茫茫大海上的冒险。天下毕竟没有具有先见的父母或星相家，能预知自己儿女婚姻的结果，即便是完全听从他们的安排也罢。在理想的社会里，婚姻是以玩捉迷藏的方式进行的，未婚的青年男女年龄在十八岁到二十五岁之间，虽然当地社会伦理和社会生活十分安定，但是幸福的婚姻的比例，也许还是一样。男人，十八岁也罢，五十八岁也罢，几乎没有例外，在挑选配偶时，仍然是以自然所决定的性优点为根据的。他们仍然是力图做明智的选择，这一点就足以使现代的婚姻不致完全堕落到动物的交配。婚姻由父母安排的长处是简单省事，容易成就，少费时间，选择的自由大，范围广。所有的婚姻，都是缔构于天上，进行于地上，完成于离开圣坛之后。"

两性之间的感情与婚姻一直是亘古不变的问题，也是每个人都会遇到并影响一生的大事，很少有人会像陈寅恪那样认为婚姻乃吾辈之人生中小之又小的一件小事，而是易像陈寅恪的好友吴宓那样一辈子困扰在爱情与婚姻之中。林语堂在这里谈到的婚姻——虽然问题纷纭，但仍是人类文明中使感情关系固定并稳定的基本形式。林语堂这个欧美化的现代学者在论述爱情与婚姻时所倾向的明显是婚姻这个稳定形式，这可以联系到林语堂早年由于家庭落差而婚姻不幸以及女儿林太乙自由婚姻的失败。感情，除了天然化的伦理亲情和有共同经历与认同的友情，爱情是最偶然、变动不居、飘忽不定、难以确切稳定固定的，很少有人会承诺纯粹动物性的两性关系，无论感情还是婚姻总要有个理由，这些爱的理由是那么的偶然、易变，很少有人能够真正承诺永远爱一个人像初次见面和开始钟情那样，而是在爱一个人并与之生活中，在彼此共同面对生活艰难的过程中，慢慢地给飘忽的偶然感情注入使之稳定的社会因素和责任意识，使感情社会化伦理化，从而转变为社会责任或亲情。在人类的漫长文化中，关于两性之间的互相引诱、猜测、定情以及悲欢离合、生离死别、求而不得等主题有灿烂感人的诗文小说，而在关于婚姻的问题上虽过千年仍然一塌糊涂，婚姻仍然是茫茫大海上的冒险。

飘忽不定的感情一直在靠婚姻形式的遮蔽以求稳定，只是婚姻形式中给予稳定的社会因素随时代风气变迁。在人类文明的早期，婚姻是合两家之好，是两个家族之间的事情，是家族的利益使婚姻固定，如刘邦与项伯约定了儿女的婚姻；其实在漫长的封建时代根本没有爱情这个暧昧的词汇，只有婚姻形式以及婚姻形式之内的夫妻和谐、悼亡诗词与节烈故事，这种两个家族父母占主要因素的婚姻形式大部分与个人的感情相违背，甚至造成极大的悲剧。14—16世纪的文艺复兴或中国的宋元时期，商业发达等因素造成的社会人员和阶层流动变化，伴随个人意识萌生的爱情概念开始出现，具有个人鲜明色彩的爱情在此刻起到革命的作用，对坚固的封建家族意识具有逆反力量，尤其是封建家族意识明显的婚姻形式。在取代了以家族利益占主导因素的传统婚姻形式之后，流动的个体的资产家庭代替了依靠土地的家族家庭，经济因素继而占据了婚姻形式的主导因素，否则既如鲁迅的《娜拉出走之后》，如果没有经济独立，娜拉们虽然走出家庭，但结果必然是回去或灭亡。金钱作为自由的力量冲破了封建家族式等集体意识形态对人的束缚，使两个男女的婚姻由家族共同体转向资产共同体，婚姻由家族因素主导进步到由个人的相貌、性情、职业等因素主导。这样的社会是家族解体后的近现代社会，作为平等社会的一员，个人在资产上具有较多的平等性，同时个人的潜力与成就不再由家庭而是由个人奋斗所决定，个人奋斗可以获得成功，个人努力可以获得爱情，这是新兴的意识形态。但是金钱以其充分的流动性具有冲破集体束缚的解放力，同时也使个人生活更具变动和流动，这样充分的个体化的时代，感情多由个人的感觉或性优点作为主导，即更多把爱情落实到感觉等个人化的因素中去，滤去与感情不相干的社会因素。但是这样亦使感情裸露于社会因素的庇佑，婚姻形式更多由多变的感觉感情和没有耐心的自由决定，婚姻解散的可能性就比较大，离婚随经济市场化的兴起而兴起。我们向往的婚姻最好是缔结于感情共同体，或者进一步说是感情与兴趣爱好的共同体，可是这样的共同体是如何脆弱。

　　如今这个时代，随着个人市场化，充分面临社会的竞争与压力。社会压力导致个人太需要感情的安慰，与之同时大家都已习惯并惧怕感情的分裂和离散，而且许多人也需要靠缔结婚姻来弥补自己社会资源的不足，来减少社会生存的压力。也许是太自由了，导致大多数人选择安定稳定的生活和婚姻形式。与其相信飘忽不定的感情，更多人更相信实实在在的社会资源，如金钱房子车子，宁在宝马车里哭泣，不在自行车上欢笑，因为宝马车象征财富，财富能让人远离社会生存压力，而自行车不仅意味着面临较大的生存压力，还面临着飘忽不定的感情风险。当代社会，在给予感情以稳定婚姻形式的时候更多考虑了社会因素和个人感情因素，既考虑古代社会以社会因素给感情更多的稳定形式，同时也充分考虑个人时代中的感情因素而不至于造成婚姻与感情分裂的悲剧，所以当代社会更多是婚姻的难以确定，很多人喊咱们结婚吧，很多人不敢结婚。

婚姻永远是一场冒险，有得有失，就像林语堂所说："所有的婚姻，都是缔构于天上，进行于地上，完成于离开圣坛之后。"

生命并不独特，自我仍将变化

马尔克斯《霍乱时期的爱情》中有一段话如此描写费尔明娜成年后的感慨："到那时，费尔明娜·达萨才明白，私生活跟社会生活恰恰相反，是变化无常、不可预见的。要找出孩子和成年人之间的真正差别，对她来说殊非易事。但再三分析后，她还是更喜欢孩子，因为孩子的想法更加真实。她的人生才刚迈入成熟，刚刚摒弃了形形色色的海市蜃楼，便又隐隐感伤起来，因为她始终没有成为自己年轻时住在福音花园里所憧憬的样子，而是成了这副甚至自己都一直不敢承认的模样：一个华贵雍容的女仆。"

在时间和生活的滔滔洪流中，个人这艘小船，会在家庭的、现实的洪流以及思想层面的社会观念和个人隐秘情结的纠葛与较量之下随波漂流，自己很难预料到将来走向何方，泊停在何处，或彷徨于无地，除非自己是一个意志极其坚定、九死无悔的强人。青年时期憧憬的梦想和多元化生活可能随着年岁的增长、对生活的日渐深入而日渐窄化、稀少。

由拥有无限可能性的红衣少年转变为灵魂和肉体一样臃肿的平庸中年人，成为单调的人。生活失去了梦和远方，多了许许多多的苟且和无奈。正如古诗写的那样："临水不敢照，恐惊平昔颜。"

费尔明娜年幼时，未尝茄子之前，偏执地认为茄子的颜色像毒药而拒绝吃茄子。专断蛮横的父亲则强迫她吃掉一锅茄子，为了医治她感觉自己要死了的幻觉又强制给她灌下一碗蓖麻油。后来，费尔明娜就产生了拒绝茄子的强烈癖好。但凡看到茄子做的午餐就会引起令人作呕、浑身发凉的恶心。在青春期，在弗洛伦蒂诺·阿里萨长久猛烈的追求下，她回复的竟是："好吧，我同意结婚，只要你不逼我吃茄子。"可是婚后在乌尔比诺家族的古老侯爵府，每天菜谱里都有各式各样做法的茄子，这让费尔明娜几乎疯掉。

多少年后，老侯爵夫人去世，乌尔比诺一家离开侯爵府，费尔明娜带着解脱感踏入自己当家做主的别墅新宅，儿子女儿相继成长。"一次晚宴中，侍者端上了一道费尔明娜·达萨认不出是何物的美味佳肴。她吃完了一大份，喜欢之极，又要了同样的一份，正当她感到遗憾，碍于惺惺作态的文明礼仪不便再要第三份时，竟得知自己刚刚怀着毫无顾忌的喜悦吃下去的满满两大盘美食全都是茄泥。她雍容大度地认了输：从那时起，在拉曼加别墅，三天两头就端上各式各样做法的茄子。"甚至她的丈夫乌尔比诺医生晚年常常乐道，希望再生一个女儿，就叫茄子·乌尔比诺。

　　由是产生了开篇那段费尔明娜的感慨，这让我想起耿占春先生的诗作《当一个人老了》：

　　　　当一个人老了，才发现
　　　　他是自己的赝品。他模仿了
　　　　一个镜中人

　　　　而镜子正在模糊，镜中人慢慢
　　　　消失在白内障的雾里
　　　　当一个人老了，才看清雾

　　　　在走过的路上弥漫
　　　　那里常常走出一个孩子
　　　　挎着书包，眼睛明亮

　　　　他从翻开的书里只读自己
　　　　其他人都是他镜中的自我
　　　　在过他将来的生活

　　　　现在隔着雾，他已无法阅读
　　　　当一个人老了，才发现
　　　　他的自我还没诞生

这样他就不知道他将作为谁

愉快地感知：生命并不独特

死也是一个假象

当一个人慢慢地走进生活的纵深，在一去不返的时光之路上回望过往，会发现，过去的自我和现在的自我好像是完全不同的人。假如我们把纯真的早期作为本真的自我，我们也常常这样假设，现在这个迥然不同的自己，倒像是一个假象，一个过去的赝品，空有其表，过去的纯真和梦想早已不在。

在这首诗中，"他模仿了一个镜中人"，镜中人可能是那个挎着书包、眼睛明亮的孩子，也可能是从孩童时代的阅读起，在书包里的童话、名著中，那个在阅读中移情想象的自我形象。这纸上时光和文字世界中的人物形象就是镜中人，我们在阅读时代渴望成为的人，像他们那样才是有意义的生活，是应该过并且值得过的生活。从翻开的书里只读自己，其他人都是他镜中的自我，在过他将来的生活。

自我又是什么呢？它是一个有着本真原始状态的存在吗？像一个人诞生就具备独特的形貌那样，和我们的肉体一样实实在在，还是自我只是一个幻象，一个由文字或文化建构起来的幻象？

从我们开始具备独立意识起，我们就像夸父追日一样追逐着各式各样的"镜中人"，其可能是我们周围的人，社会认同的成功人士，我们想成为、想要模仿的快乐的人，还有文学世界里的人物形象等。我们终其一生都在模仿追逐一个镜中人，甚至在追逐模仿中丧失了许多其他可能，这让我们后来回忆时感到遗憾，有时也会丧失自我，如果真有一个本真自我可以丧失的话。

少年历得风尘

　　最近微信朋友圈很多人在秀自己的十八岁，有的十八岁一脸的胶原蛋白，有的十八岁脸上渗透着成长的孤独与执拗。之所以要秀十八岁，大约是因为第一批"00后"已经十八岁，成年了。每个成年人都有十八岁的天空、十七岁的雨季，或绚烂或灰暗，不知哪一片云滋润了生命，哪一片云成为成长的阴影。

　　成长礼的本质是：一个从小受保护的孩子的圆满幻境突然在眼前碎裂，迫使他（她）看到这个世界的复杂和破碎。也许这是过于理想化了，可能有些人破碎得更早，成长的经验也掺入很多羞愧、残忍、忍耐与孤独的成分，感伤比欢愉更能影响并塑造情感认知和经验逻辑。虽然，经常会发现过去和现在变化之大，甚至是断裂式，丧失了成长的持续性。但是在生命静默之时，生活低回之际，我们总能感到过去的阴影。尤其成长阶段的经验，成为我们思考和感受生活的原始场景、阐释语汇的源头。我们总能在纷繁复杂的生活里，辨识出这个原始场景，穿过现在种种回到童年，看到业已熟悉的羞愧、残忍、孤独与忍耐，看到那个童年的他（她），可以说这样一个人就是其童年。

每个人的成长既是独特的，又是重复的，一个人成年之后会发现自己的成长经验并不独特。成长不是单独的时间轴线流逝，而是海浪般推进、后退、重复、融入集体经验的大海。唐诺在评论小说家契诃夫时写道，每个人都有父母，都有童年，都有老家房子和那方游戏空地，每个人也都有心悸的启蒙时刻。莱辛说的一点没错，成长，就是一个不断发现个人独特生命经历其实只是人普遍经验的过程，它是无可比拟的还是不足为奇的呢？唯"这一个"个人生命无可比拟经历的失落，原来是缓缓的，难以言喻的，是耶非耶的一层一层拆揭过程，所谓的"一个"毋宁是一次又一次甚至海浪般的一次次退回重来，容许在寸心自知的个人经历逐步融入集体经验，取得对话、取得自省、取得抚慰并取得扩展想象而不是自此消亡不存。

前段时间回看电影《恋恋风尘》，也像海浪一般，看着青春的阿远，尽管远隔千里，似乎阿远的经验也有自己青春的一半，影片沉静现实地书写着少年人的成长。这份成长不容易，青春好难，即便没有生离死别，没有风吹雨打，没有一个人的转身离开，但那份沉默与孤独必须忍受。这份伤痛或者沉默是无名之伤，它难以言说，没有语言，没有声音，只在青春里，不在怀旧、粗糙的感情内。

尽管青春不易，就像田野里的草木花卉，风雨袭来，屋内人总会担心它们承受不了风吹雨打，可是第二天一大早跑去观看，会发现经历过风雨的草木花卉尽管会有残叶落花，但会显得更加精神、更加青葱、更加绚烂，担心反而是多余的。

阿城评论《恋恋风尘》时说："阿远穿了阿云以前做的短袖衫退伍归家，看母亲缩脚举手卧睡，出去与祖父扯淡稼穑，少年历得风尘，倒像一树的青果子，夜来风雨，正担心着，晓来望去却忽然有些熟了，于是感激。"

电影《咖啡公社》

伍迪·艾伦执导的《咖啡公社》，虽然某些媒体评价不高，但无碍这是一部制作非常精美的爱情喜剧片。如果你没有看过伍迪·艾伦的电影，那么这部《咖啡公社》是最好的选择，因为它非常的"伍迪·艾伦"，旁白和话痨人物的絮絮叨叨、制作精良的配乐、文学的怀旧追忆、婚姻爱情主题的解读、细细碎碎的冷幽默。

电影画面非常精美，犹如油画一般，在电影院观看视觉效果奇佳，用光用色极其细腻用心，除了开场的蓝色调，其余都是暖黄色，非常怀旧，还原了20世纪30年代的好莱坞和纽约，可以说是一部纽约和洛杉矶的双城记。

故事开端是一个厌倦周围生活的年轻人去好莱坞寻找梦想。不愿像父亲那样做个平庸的犹太珠宝工匠的年轻人鲍比，去好莱坞投奔已经飞黄腾达、跻身上流社交圈的舅舅菲尔，遇到了菲尔的秘书维尼（一译瓦尼）。伴随着维尼的青春阳光、迷人魅力，他们一起为舅舅的公司做事，游玩。慢慢地，他们都厌倦了好莱坞的这种光线浮华的生活方式，很快坠入爱河。但维尼已经有男朋友了，是一个外派记者（后来就会知道她还是菲尔的秘密情人，菲尔正在妻子和维尼之间徘徊）。可鲍比依然爱她，承诺陪伴她，在维尼被男友甩了后二人产生了一段短暂的感情。

维尼最终选择了具有成功魅力和左右逢源的菲尔。后来鲍比离开好莱坞到纽约接手了哥哥的酒吧，并在朋友的帮助下把酒吧经营成一种"上流社会的朋友圈"。这也许是电影《咖啡公社》名字的由来（中国香港译为《情迷声色时光》，中国台湾译为《咖啡爱情》），据说这个词汇是 20 世纪 30 年代一个美国专栏作家发明的，讽刺那些涌进高档咖啡厅和酒吧，营造自己很上流很高端的人。鲍比在纽约完成了梦想，成为比菲尔还要风生水起的人物，并与一个名叫维罗妮卡的女人结了婚，但鲍比并不快乐。书评人思郁说伍迪·艾伦所有的电影几乎都可以用一句话总结："你看，这些虚伪的人类，他们发现了人生的真相，还要假装什么都没有发生，继续生活下去。"《伍迪·艾伦谈话录》中也说："在我看来，我们的生活冷酷空洞，毫无意义可言。就连艺术也无法拯救你——只有人性中的那一丝温暖才能帮助你。这是我用近乎说教的方式在我的电影中一再重申的观点。"伍迪·艾伦的电影是一种温情的反讽，如《咖啡公社》里的两句台词："生活是一出喜剧，而且是一个受虐狂的喜剧作家写的。""未经审视的生活是不值得过的，但审视过的生活根本没法过。"

电影除了是鲍比的成长故事，也是鲍比的一段"红玫瑰与白玫瑰"感怀。在纽约经营"咖啡公社"小有名气的鲍比，遇到来纽约办事的舅舅菲尔和维尼。他们来到鲍比的"咖啡公社"，以认识鲍比为荣，一边向同伴叙述鲍比过去的糗事，一边熟稔地谈论好莱坞明星的花边，以营造自己很时尚很上流。在鲍比看来，这些行为属于当初他们共同讨厌的虚伪浮华。逆着时光，鲍比和维尼躲开菲尔和维罗妮卡，一起在纽约中央公园怀旧，甚至这个故事还重新回到了好莱坞模式，重复了一些爱情文艺片的调调：生活是一把无情刻刀，改变了我们的年轻模样，我们渐渐成为曾经讨厌的人，可我们无法停止怀念，依旧深爱着对方。

电影最后，在纽约和好莱坞，大家都在热情洋溢地欢庆新年到来，鲍比和维尼却有些"心不在焉"，似乎是繁花将尽的伤怀与缺憾。

这"心不在焉"的此刻，就是伍迪·艾伦"人性中的一丝温暖"。

作家做不对阅读题很正常

　　2017 年高考语文浙江卷节选了巩高峰的《一种美味》，文章记叙了一家人面对一条草鱼时的情景，"它（草鱼）早已死了，只是眼里还闪着一丝诡异的光"被作为赏析内容。众多考生表示这道题真是"惨无人道"，聚集到巩高峰的微博下要标准答案："你告诉我你到底想表达啥？"

　　这类事情并不少见，可谓常有常新。我上高中时阅读过的韩寒的《三重门》，曾被考卷出过阅读题，赏析文末那句"林雨翔走进了夕阳中"，作者为什么这样写？韩寒表示自己也不清楚，只是这样写比较好。

　　作家周国平根据自己的作品被改编成的阅读题整理成书《对标准答案说不：试卷中的周国平》，收录了 55 份各类语文试卷中有关周国平作品的阅读题，既附有参考答案，也有作家本人针对这些答案的再分析。

　　有意思的是，周国平对这些根据自己作品所出的试题，常常感慨"我自己决不会想这个问题""给不出答案"……比如："问某个句子运用了什么论证方法，我看了答案才知道，竟有道理论证、举例论证、对比论证、正反论证、比喻论证、引用论证等这么繁多的名目，而我写这些句子的时候哪里想得到。"

其实这是一个并不难回答的问题，只要稍微懂些文学理论就会明白。新批评主义早在 20 世纪初期就集中批评了这种倾向，认为作者是解释文本的主要源泉，属于"意图谬见"。文学是语言艺术，作家的意图如果在文本中得到表达，那么我们只需要看文本就可以了；如果没有表达清楚，我们就没必要咨询作家，文学艺术不得不求援于作者是批评家自认失败。批评家卡勒指出："强调作者与作品的关系会导致人们把作品看作一种传达性语言。"

第一，从语言修辞方面来看，语言修辞技巧有其自身的文学传统，写作者在日常阅读与写作中耳濡目染，常用而不自知，许多作者这样写也许只是无意识的自觉，或者感觉这样写比较好，至于怎么好自己也说不清楚。作家在阅读题中否定的常常是这些。作家们自己说不清楚，不能以此为理由苛责阅读题不能这样出，也不能否定学生说清此问题的能力。学生在做阅读题时并非针对作者本人，作品在试卷中作为一个门类，作家作为一个类型，用一般的基础文学修辞教育知识对其进行分析、解答。在文学批评中，往往这些作家说不清楚的"无意识"，正是文学分析的价值，弗洛伊德主张的重视白日梦与无意识的心理分析流派，就是看重这一点。

　　第二，文本的意图，作家对已经写出的作品的主题与思想的理解，作家、作品、读者三者的关系，读者对作品的接受与解读也有自己的接受美学，和作家是平等的。如果完全以作家对作品的解读为标准，不仅忽略了作品本身作为语言艺术的特点，也轻视了读者阅读的能动性，更是一种不对等的关系：作品是作家的传声筒，读者仅仅是被动的信息接受者。这种强权的写读关系，正是20世纪文学批评瓦解的方向。新世纪文学理论轻视作者的权威作用，重视作品和读者在文学阅读与分析中的作用。

　　中学的阅读教育本身也有很大问题，分析模式落伍于时代，大多仍然是庸俗的社会学分析方法。思想家萨义德晚年著作《人文主义与民主批评》中有这样一篇文章《回到语文学》，说："现在流行的读书策略有问题，从一些很粗浅的文本阅读，迅速上升到庞大的权力结构论述。"他对这种趋势非常担忧，认为："这么做，相当于'放弃所有人文主义实践的永恒基础'。'那个基础实际上就是我所说的语文学，也就是对言词和修辞的一种详细、耐心的审查，一种终其一生的关注。'人文学者的实践，最关键的是语文学。所谓语文学，就是对言词、对修辞的一种耐心的详细的审查，一种终其一生的关注。这是人文学的根基所在。"（这段话转述自陈平原的《读书的风景》中的《人文学的困境、魅力及出路》，这篇论文是对萨义德的引鉴与回应。）

　　中学语文阅读教育的重点，除了学习作品中的优秀思想与价值观，重要的还是对作品中言词与修辞详细、耐心地审查、关注与训练。作家不应该因为自己不自觉这样写或者没这样想而否定这种训练，毕竟不是所有做题者都想成为作家。

如果学生训练出了良好的对词语、修辞的审慎观察与甄别能力，这类思考力更有助于学生投身到社会实践中去。社会和人生不就是一部大书吗？社会纷繁的实践与现象中一样存在各式各样的修辞结构，同样需要我们对社会修辞结构仔细观察与甄别的能力，这不就是我们强调阅读、做阅读训练的题中之意吗？

海上花开，海上花落

海上传奇

记得有一次，肖开愚先生在课堂上谈到普通话思维和方言思维的不同，感叹很少有用方言写成的小说。我当时回答清末的《海上花列传》就是用吴语和苏白写成的，详细描绘了上海十里洋场的公寓生活（据说很多都是实录其事），被胡适和鲁迅大加推崇。

可惜不懂吴语，又很难耐下性子比照着书后的方言解释来读，《海上花列传》始终没有读完。张爱玲将《海上花列传》视作《红楼梦》之后传统小说的又一座高峰，为了去除书中的吴语对白对读者造成的阅读障碍，她将之尽数译为普通话，分为《海上花开》《海上花落》两本。侯孝贤1998年根据张爱玲的译本，拍摄了电影《海上花》，由刘嘉玲、李嘉欣、梁朝伟主演。影片缓缓慢慢、绵里藏针，表面情深义重、轻轻柔柔，内里藏着机锋、含着矛盾。只是遗憾作品内容太过局限，一切都局限在清末洋场公寓里，似社会世相的边角料，一种"无意义"的存在。可就是这些"无意义的边角料"经过时间的淘洗，保存了当时原生态的生活，今日读来别有意义。

潜伏了几十年的小说家金宇澄，终于亮出了自己的作品《繁花》，他延续了《海上花列传》的写作风格，沿袭了这种"花无百日红"的传统，用改良版的上海话，细致叙写了沪生、阿宝、小毛三个男子的成长与虚无，以及他们周围的上海花朵们，她们繁花似锦，她们花开花落。

文学要建立一种语言

祖籍苏州，成长于上海，在上海做了 30 多年编辑的小说界的"潜伏者"金宇澄（名字来源于毛泽东的"玉宇澄清万里埃"）的长篇小说《繁花》2013 年由上海文艺出版社出版，成为近年来最惊艳的长篇小说，再版了 14 次，发行 20 多万册。最初，金宇澄只是在沪语网上写写帖子，用上海话发发议论，写写生活碎片，慢慢发现用上海话写作有传统话本小说的味道，便开始有意识写成小说，一日三千字，日积月累集腋成裘，经过 20 多遍修改，终成长篇小说《繁花》。

《繁花》的特色是上海方言的使用，但既不像《海上花列传》那样使用难懂的方言，又不是狭隘意义上的纯粹上海话。

方言本身是流动变化的，上海方言就有很多口音，他使用的是一种文学化的方言，金宇澄这样说明："我的目标是文学，把一种方言按照录音录下来写下了，一般就不是文学。文学要建立一种语言，作家要建立一种属于自己的语言，一种文体。因此《繁花》做了大量修订和语言改良，目标是让非上海读者能够看懂文学意义上的上海话。我试图把这本书做成'双语'，上海读者五句以内可以自助读成上海话，非上海读者用普通话也能通达。"小说里的方言只是一种文体，作者似乎是一位在普通话、苏州话、上海话间转译的说书人，改写成文本时又添了些"鸳鸯蝴蝶派"的文白，句子简短利落，语言摇曳多姿，场景精雕细刻，充满诗情画意。

爱以闲谈消永昼

有评论家说，《繁花》是做了30多年编辑的金宇澄，循着旧式话本的车辙，重温了"鸳鸯蝴蝶梦"，调子却是"花无百日红"的平静之哀。

《繁花》并不像文学概论里定义的长篇小说体裁那样，有矛盾有发展有高潮有结局，最后有宏大的现实意义，批评或歌颂。《繁花》就像是一本闲谈录，有些像张中行的"三话"。逝者如斯，常怀伤逝之情，年华远去，难免烟消火灭的惘怅，回忆的影子还存有可感之事、可念之人，曾见于昔日之境，于是乎，坐在夕阳草篱下谈谈过去的影子。这部小说就像是一位有着苏州口音的上海人，坐在苏州河畔，絮絮述说着一些人，一些生活，一些饭局，一些恍惚暧昧时刻，一些荤素段子，一个时代的逝去和一个时代的到来。"沪生经过静安寺菜场，听见有人招呼，沪生一看，是陶陶，前女朋友梅瑞的邻居。沪生说，陶陶卖大闸蟹了。陶陶说，长远不见，进来吃杯茶。沪生说，我有事体。陶陶说，进来嘛，进来看风景。"故事由此开始。

　　小说采用碎片化的叙事和话本的轶事风格，交替写了20世纪60年代的上海和当代的上海，60年代的少年旧梦和90年代的声色犬马。没有60年代沪生、阿宝和小毛成长的故事，当代上海的故事就显得十分浮泛；没有当代上海故事的暧昧迷离，也难懂这些人成长的原始场景。小说没有什么大时代的跌宕起伏，没有大奸大恶情节伏线，也没有现代小说的心理描写和意识独白，只是一群或沉溺于情欲，或痴迷于追逐，或难以掌控生活，或小才微善，或卑贱无聊的小人物的琐碎人生。小说中，小毛临死前说："上流人必是虚假，下流人必是虚空。"还有阿宝讲述无名氏时留下的一生名句，十个字："我们的时代，腐烂与死亡。"这也许就是小说没有主旨的主旨，金宇澄也直白地表示："生命其实是没有任何意义的，我到了这个年纪可以这样说，重要是珍惜你的美丽。"

毕飞宇《小说课》

中文系新生入学，通常会有老教授引用那句"中文系不培养作家"的老生常谈，中文系开启的是求知的渴望、规范的写作训练、学术的探究等路程。尽管这一说法饱受批评，可也不得不承认，很多著名作家都非中文系出身。

近年来，许多大学中文系都引进著名作家进校园，试图打破这一学科魔咒。毕飞宇的《小说课》就是作家进校园的成果。该书辑录了作家毕飞宇在南京大学等高校课堂上与学生谈小说的讲稿。毕飞宇所谈论的小说都是很常见的古今中外名著，用他自己的话说很多都是中学课本读物，既有《聊斋志异》《水浒传》《红楼梦》，也有海明威、奈保尔、哈代、霍金等人的作品。身为小说家，他的讲解和学院化的讲解很不同，而是用贴近小说写作的分析，带领听众（这本书可以看作一本口语化的课堂实录）体会每一篇小说的写作魅力、层次、内部逻辑。

毕飞宇着眼于一个作家的阅读语感，采取的是实践分析，

而不是学院常见的美学分析、史学分析和诗学分析。作品是
作家写的，一个人要成为作家需要哪些要素，毕飞宇认为是：
性格、智商、直觉和逻辑。他讲解小说，围绕的就是这四点。
相比一些学院派评论家从时代背景、段落大意、中心思想等
角度拿望远镜看小说，他自信自己的讲解更接近小说。一些
学院化的小说课，除了符号修辞，更注重讲解文学作品的思
想性、传记性与文学传统，而毕飞宇看来，思想性的传递更需
要作家的艺术才能，否则一切都是空谈，他引用了"莎士比
亚化"和"席勒式"这两个概念。

　　"莎士比亚化"和"席勒式"这两个概念出自马克思的
《致斐迪南·拉萨尔》（1859 年 4 月 19 日于伦敦），同年 5 月
18 日恩格斯也写了一封致拉萨尔的信，这两封信都是应拉萨
尔的要求，评价他的剧本《弗兰茨·冯·济金根》。马克思在
信中说道："你就得更加莎士比亚化，而我认为，你的最大缺
点就是席勒式地把个人变成时代精神的单纯的传声筒。"恩格
斯在信中说道："不应该为了观念的东西而忘掉现实主义的东
西，为了席勒而忘掉莎士比亚。"

　　席勒式的戏剧注重抽象观念的传达，主题概念先行，往
往成为思想的传声筒。莎士比亚化的写作则在他的反面。比
如毕飞宇谈到哈代的《苔丝》，说："忠诚、罪恶、宽恕，一
个普通的传教士或大学教授可以把这几个问题谈得比哈代还
要好。但是，小说家终究不是可有可无的，他的困难在于，小
说家必须把传教士的每一句话还原成'一个又一个日子'，是

让每一个读者去'过'——设身处地，或推己及人。这才是艺术分内的事，或者说义务，或者干脆就是责任。"

作家的写作教育不在作品的思想理性教育，而需要落实到莎士比亚化的写作才能的培养。小说写作是个技术活，有时候需要百分之九十九的心血才能把百分之一的才华送到金字塔的塔尖上。

毕飞宇的阅读方法和教学实践，正是大学中文系所匮乏的。在写作之前我们需要这样贴近写作的阅读，正如毕飞宇反复强调的，你的阅读能力越强，你的写作能力就越强。阅读也需要才华，需要足够的想象力，足够的记忆力，足够的耐心和训练，阅读的才华就是写作的才华。

孙犁的散文

　　心绪焦躁时，总会有意无意地阅读孙犁的散文，手机网盘里存的《孙犁散文》总会被不断下载、阅读。后来买了一本包含芸斋系列小说和回忆文章在内的《芸斋小说》，更是反复地阅读。

　　为什么爱读孙犁散文？有什么优长？一时并未想过，只是读，读完便罢。前几年能进入图书馆借阅时，《孙犁文集》是一本一本通读过的，除了早期的《荷花淀》《风云初记》等小说，尤其喜爱其后期散文，如《陋巷集》《浅草集》《秀露集》等。老杜文章老更工，孙犁散文老更醇。就像苏轼评价陶渊明："外枯而中膏，似澹而实美。"

　　孙犁言："人的一生，真正的欢乐在于童年，成年以后的欢乐，则常常带有种种限制。"我的童年生活在北方乡村，和孙犁的故土相隔不远，也喜爱乡野树木，也听得一夏蝉鸣，村边柳林如雾沉沉，院外杨叶沙沙似雨。喜爱看农闲时节来到村子里的铁匠、木匠等，怀念旧乡村的人与事、传闻与闲话。

借着阅读孙犁的散文，一方面可以了解异时异地的异闻，另一方面也可以透着相似的描写追忆少年乡村的风与景、花与草、人与事。

孙犁的散文冷峻简约，不枝不蔓，随文成体，没有文艺腔，没有宣传腔，更没有絮叨的老年腔。冷峻的文字背后透着热忱，简约的风格后面是阅世后的阔达深刻。孙犁向往美好、追求真情，文章一派真诚，情真意朴，加上阅世深、经历广，久住人间谙鬼态，能一针见血直指事物本来，毫不矫揉造作。

孙犁的一生辗转坎坷，并非轰轰烈烈，而是真诚、认真、内省地生活与写作。战争岁月飘荡北方，总善于发现河山风景，淳朴的人情美、人性美；中华人民共和国成立后虽身居五方杂处的天津，却躲开热闹，甘于向隅，清贫自持，与孤独为伴，冷眼看世，热心读书，真诚写作。孙犁总结自己的一生："残破印象太多，残破意识太浓。"大的方面：罹经战争的山河残破、村庄残破，遭遇"文革"时的文化残破、道德残破；个人方面：一心向学却由于种种原因止于高中，工作无依，战争期间长期流离奔波，居无定所，体质较弱性情沉默，许多事业未能如愿，亲情残破，爱情残破。他的一生有许多不完美，唯其不完美才倍加珍惜，就如鲁迅《野草集》中的病叶，唯其病与残破尤显生命的温存。

冬储的白菜，慢慢剥开，里面会露出一株连在菜根上的嫩黄菜花，花顶布满小米粒似的花蕊，修剪后放入水盆置于桌案，明丽自然，淡雅清净，无甚香味亦无异味，是天下独一份的嫩黄色。暮年的孙犁，静对菜花，唤起许多历历如昨的往事，人生如梦。孙犁丝毫不掩饰，他就如菜花一般，来自乡野的布衣书生。有的人竭尽一生全力想把生命撰写成一篇宏伟的文章，而他想把生命写成一篇小文章，像案头菜花，菜花是独一份的生命，"凡是生命都可以写成好文章"。

孙犁的怀人作品，回忆父母妻子，想起战争岁月接触的朋友，以及生命中经历的质朴无伪的人，淡淡写来，简约隽永，回味悠长。有些像归有光，许多篇章简直是现代版的《项脊轩志》《先妣事略》《寒花葬志》，用简淡的文笔写寻常的人事，这些人并非搅动风云的大人物，这些事也不是历史事件，只是些平常人物、琐碎光景，却饱含生命的深情与眷恋。就如黄宗羲评介归有光所论："予读震川文为女妇者，一往情深，每以一二细事见之，使人欲涕，盖古今事无巨细，唯此可歌可泣之精神，长留天壤。"这样的情怀，这样的文字，归有光有，孙犁有，以后仍会有。

读记巫宁坤

　　前段读《了不起的盖茨比》，分别看了巫宁坤和李继宏的译本，年轻译者李继宏后出的译本，翻译确实口语化，可是每翻译一本名著都在扉页上写最好的翻译，有些无视之前的翻译家，且有营销之嫌。

　　一直以为巫宁坤只是老翻译家中普通一员，最近读张新颖新著《九个人》，这九人之中就有巫宁坤，原来他是一个有故事的人。

　　巫宁坤1939年入西南联大外文系，1941年中断学业，志愿为飞虎队担任译员；1943年随受训的中国空军飞行员赴美，担任翻译；抗战胜利，巫宁坤于1946年秋季入曼彻斯特学院攻读英美文学，两年后入芝加哥大学研究院。1951年中断博士学业毅然回国。回国后赶上各式各样的运动，性情迂阔且不懂政治的知识分子自然受到各式各样的冲击，1957年被划为反革命集团头目，"巫宁坤反动言论集"流布甚广，有学生拿着从巫宁坤那里借的《了不起的盖茨比》，质问他从美帝带回这种下流坏书，腐蚀新中国青年，居心何在。1958 年被投入北京半步桥监狱劳教。

叙述巫宁坤的经历不是为了引痛，让学者张新颖和读者思考的是，在残酷的灾难时期，个人从哪里获得支撑，从哪里汲取活下去的力量？遭受三十年践踏而未毁，如何始终保有原有价值系统？答案在于巫宁坤有价值系统稳定的精神世界，并从阅读中汲取力量。从天津到半步桥监狱，从北大荒到劳改农场，他始终带着英文版的《哈姆雷特》和冯至编选的《杜甫诗选》，并在劳改时偷偷阅读、朗诵沈从文的小说。

1955 年的肃反运动中，中文系开大会宣布巫宁坤不仅是南开头号"暗藏的反革命分子"，而且是一个"反革命集团"的头目，成员包括查良铮、李天生和周基堃。搜家，审问，批斗，接踵而至。在遭受声色俱厉的谩骂、警告、威胁的过程中，"我脑子里突然冒出莎士比亚的名句：'这是篇荒唐的故事，是白痴讲的，充满了喧嚣和狂乱，没有一点儿意义'"。庸众受到恶的鼓励，并不总是平庸的，一些匪夷所思的盘问，就体现出非凡的想象力，比如你为什么在 1951 年夏天回到中国？那正是抗美援朝进入高潮的时候。这种明示他是特务的提问，让巫宁坤发火，"可是，突然间，我感到如释重负。如果这些年来他们就为这个折腾，我就没有什么可烦心的了。我的一生是一本敞开的书。他们由于猜疑成性就会随意误读，但是文本却是完好无损的。从那以后，我心平气和，对他们刻意的挑衅和侮辱无动于衷"。

　　处在极端环境下时，陪伴巫宁坤的不仅仅是孱弱肉身，还有丰富磅礴的精神世界，这不仅让他始终坚守自我独立思考，还给予了他活下去的力量，让他"依然保持着灵魂的纯净、精神的锐利、生命的充沛能量"。

《许三观卖血记》：生命的仪式

当年轻时的许三观跟着阿方和根龙卖完血，在桥塂饭店里模仿他们有力量、有尊严地喊道"一盘炒猪肝，二两黄酒，黄酒……温一温"时，这即将成为他一生中最重要的仪式。猪肝可以生血，黄酒可以活血，大声喊显得有范，与每次卖血前喝五碗水对血进行稀释一样，猪肝黄酒是在卖血后对身体的补充。

自第一次在金钱诱惑、吸引下卖血后，每当生活遇到挫折缺钱时，许三观都会去卖血。被何小勇戴绿帽子遗留下的儿子一乐打破宋铁匠儿子的头，他卖血赔医药费；三年困难时期为了让孩子吃顿阳春面，他去卖血；一乐、二乐下乡做知青生活困难，他去卖血；为了请二乐插队村子的村支书吃顿好饭，能让二乐早抽调回城，他去卖血。听说阿方喝水胀坏了膀胱，目睹根龙突发脑溢血去世，许三观生活在卖血的恐惧之中。生活中的困难越来越多，许三观卖血越来越频繁。后来一乐重病去了上海，他一路卖血凑钱。生活越来越好，年老的许三观细想这一生都是为别人卖血，卖血后吃猪肝喝黄酒。漫步在小城熟悉的大街上，回忆一生，他想吃猪肝喝黄酒，他决定为自己卖一次血，为吃猪肝喝黄酒卖一次血。可是陪伴他一生卖血的李血头换成了年轻的沈血头，沈嘲笑他年老了，身体里死血多活血少，他的血只能充当猪血用来刷油漆。他因担心家里再有灾难无法卖血而哭泣。面对不平等，许三观在小说结尾爆了一句有意思的粗口："这就叫屌毛出得比眉毛晚，长得倒比眉毛长。"

小说结尾的这句粗口非常有力量，就如马尔克斯《没有人给他写信的上校》的结尾：

> 妻子绝望了。
>
> "那么这些天我们吃什么？"她一把揪住上校的汗衫领子，使劲摇晃着。
>
> "你说，吃什么？"
>
> 上校活了七十五岁——用他一生中分分秒秒积累起来的七十五岁——才到了这个关头。他自觉心灵清透，坦坦荡荡，什么事也难不住他。他说：
>
> "吃屎。"

余华在《许三观卖血记》韩文版自序里说这是一部关于平等的书。我们追随小说的叙事，像展开一条盘起来的绳子一样拉长许三观的一生。许三观这个普普通通的人，一生都在追求实实在在的平等，"遗憾的是许三观一生追求平等，到头来却发现：就是长在自己身上的眉毛和屌毛都不平等"。

余华的叙事语调欢快徐缓，抛去了先锋实验，抛去了《在细雨中呐喊》的繁复，简单明白，甚至是民谣式的，语调欢快，语义悲伤，或喜或悲，悲喜交集。许三观是一个随大流、没心没肺、认同朴素道理、善良、富有同情心的人。他最爱的是大儿子一乐，却纠结于一乐是何小勇的孽种。他认为自己可以卖力气挣钱白白养活别人的儿子一乐，但是在三年困难时期他用卖血的钱买的阳春面只能给亲儿子二乐三乐吃。当一乐无奈投奔何小勇被打离家出走，半夜找回一乐后，许三观依然背起一乐去胜利饭店。

韩国导演将《许三观卖血记》拍成电影，突出了许三观和一乐的纠结。

小说中有许多让人读来感动的地方，比如三年困难时期，一家人饥饿无力地躺在床上，尽管是许三观的生日，也只能在往日单调的玉米粥中加些糖，看到孩子们饿得忘了糖是什么，他便用语言给孩子和妻子"做"回锅肉、清蒸鱼。"文革"时期，妻子许玉玲被诬陷被批斗，他会机智地去送饭。被逼在家里开批斗会批斗妻子时，儿子批斗妈妈，让妈妈讲犯错经过，许三观坦承自己也犯过生活错误，给荒诞的情节涂抹了一丝暖色。

当村上谈论跑步时他在谈什么

　　信息爆炸的当代，很难想象一个广为人知的畅销书作家还能保持生活的神秘。村上作为人尽皆知的作家，虽然保持小说不断出版的强劲势头，却鲜少提笔谈及自己的生活。

　　前几年村上出版了一本随笔《当我谈跑步时，我谈些什么》，题目是对他最喜爱的小说家雷蒙德·卡佛的致敬，模仿卡佛的小说题目《当我们谈论爱情时我们谈论什么》。对一位专注于爱情小情怀的小说家，读者期待的是他谈谈自己的感情经历甚至纠葛，以及写作的素材、灵感的源泉，没想到他谈得最多的是跑步。

　　关于村上的这本书，书评人比目鱼写了一篇精彩的书评：

　　　　对于村上春树的小说，有些人着迷、有些人不屑。在"纯文学界"，好像公开夸赞这位作家的人并不多。其原因不难理解，甚至可以找出一堆：此人是一位畅销书作家；此人一把年纪了还整天写一些青春小男生的生活故事；此人身为日本作家却追求洋味儿，在小说里不厌其烦地提及欧美乐队、外国商标，甚至西洋饮料；此人写的东西太过小资情调；此人小说中译本的语言为什么有一股嗲嗲的味道？所有这些加在一起，很容易让人产生一种印象：此人是一个有些"装"的小说家。事实是否如此？自从开始读村上的随笔，我基本否定了这种可能性。

读了村上的随笔，我也开始有这种转变。有的作家随笔写得非常炫耀卖弄，读着读着仿佛看到文本里有人物在旁白：看吧，看吧，看我知识的丰富，看我经历的复杂，看我思考的七十二变，看我多牛！村上写得很实在，就好比是长跑，直来直去，不矫情不做作。在海明威的故事里，有个评论家批评海明威小说里的阳刚都是假货，好比贴在胸前的假胸毛。后来海明威遇到这位评论家，把上衣一甩露出胸膛，说摸摸这些是真是假。

村上的这本随笔，就是他换上一身简单的运动服，说，看，这就是我，实实在在的，是一个长跑者，一点也不装。村上是以一个长跑者的姿态看待生活和写作的，书写着一个写作者对长跑对生活的内省。"我认为写作长篇小说是一种体力劳动。"有写作经验的人，会认同这一看法。写作不仅有灵感思考、素材积累、结构构思等，还有一个容易被人忽略的物理过程，那就是把构思的东西从虚构空间转移到一字一词构成的文本中，这"转移"的过程，无论是照搬誊写还是创造性改写，都必须付出一番辛苦的体力劳动。许多写作者急躁好动，平时有很多灵感构思，可就是难以老老实实地坐在电脑前打字，所以经常感叹：写作需要屁股与板凳建立友谊。

这本随笔中，村上有些文字也点到了写作，美国冷硬侦探派小说家雷蒙德·钱德勒每天即使写不出东西也会在书桌前坐几个小时，这对写作者来说是一种必要的习惯训练，尤其性格急躁的写作者。沈从文说自己之所以能够比其他人写得好，就是能够"耐些烦""肯下笨功夫"。

读者中，很多人都期待村上谈谈文学、谈谈自己。千呼万唤始出来，终于在 2016 年年底村上推出了自传《我的职业是小说家》。

《挪威的森林》：成长的故事

《挪威的森林》的含义

　　小说采用回忆的形式书写，回忆的泉涌来自渡边在前往德国汉堡的飞机上偶然听到甲壳虫乐队的《挪威的森林》，想起了十八年前的人与事，思索着自己曾经失落的岁月，死去或离开的人，以及烟消云散了的思念。直子最爱的曲子也是《挪威的森林》，渡边前去疗养院看望她时，她说："一听这曲子，我就时常悲哀得不行。也不知为什么，我总觉得似乎自己在茂密的森林中迷了路，一个人孤孤单单的，里面又冷，又黑，又没有一个人来救我。"这寒冷孤寂的森林深处，也许正是青春的孤独、彷徨、痛苦以及迷失等精神世界的一种具体化情境。

　　在直子的精神世界中，具有重要符号意义的还有那口野井。在草原和杂树林之间，蔓草巧妙地遮住了这个在地表上横开约直径一米的黑洞。其周围没有栅栏，只有井洞大大地张着口。井沿的石头经过风吹雨打，变成一种奇特的白浊色，而且到处是割裂崩塌的痕迹。只见小小的绿蜥蜴在石头的缝隙里飞快地进出。横过身子去窥探那洞，你却看不到什么。只知道它又恐怖又深邃，深到你无法想象的地步。而其中却只充塞着黑暗？混杂了这世界所有黑暗的一种浓稠的黑暗。它在某个地方，没有人知道它的位置。一旦掉进去，摔断脖子死了也好，万一折断了腿没有死，没有人会找到你，你会绝望地待在井里，四周湿漉漉的，蜈蚣蜘蛛在一旁蠕动，你一个人孤单地慢慢死去。

这口野井，正是小说的核心隐喻，所谓小说中的人生也就是走在隐藏有这样一口野井的草原上。直子的男朋友木月非常优秀，和渡边打完台球回到家在汽车里自尽了，书中没有任何解释，留下一个阐释黑洞。直子的姐姐和直子的男朋友一样，是另一个掉进人生野井中的人，这个非常优秀的女孩在妹妹呼喊她吃饭时自缢在房间里。直子意识到了人生有这样一口野井，她就走在隐藏有这样一口井的草原上、森林里，那里孤单无措、阴森寒冷，充满各种难以理解难以思考的黑洞。

直子与阿绿

《巴黎评论》的记者问道，村上小说中的女人似乎可以分

为两种：第一种女人和主人公的关系本质上是认真的，往往
就是这个女人在小说里失踪了，而她在主人公的记忆里却挥
之不去；另一种女人则较晚出现，她协助主人公去寻找，或者
恰恰相反，帮助主人公去忘却。第二种女人往往爽直坦率、性
情古怪，在性方面毫不遮遮掩掩，比起那个失踪的女人，主人
公和她的关系来得更加温暖、更具幽默感，而主人公和前者
几乎没有什么沟通。这两种典型人物各起什么作用？村上认
为这两个女性是他的小说的重要主题之一，小说的主人公几
乎总是被夹在真实世界和精神世界之间，主人公被分裂为两
个完全不同的世界。在那个精神世界里，女人表现得平和、聪
颖、谦逊、明智，往往显得不平常、不真实，甚至代表着疯狂
和病态。而在现实世界中，女人则非常活跃、富有喜剧色彩、
态度积极、具有幽默感。《挪威的森林》也是这样：自始至终
都有两个女孩存在，主人公无法在她们中间做出选择。我们
有理智的一半，也有疯狂的一半，我们在这两个部分之间进
行协调。

　　直子是作者头脑中非理性的成分，具有精神上的睿智与
虚无，阿绿则是现实的化身，具有现实式以苦作乐幽默风趣
的气质。没有直子所隐喻的人生中疯狂和非理性的部分就不
会有现在的自我，没有遭遇阿绿的感染与洗礼就不会有成长。
就像小说的后几章，渡边对已经逝去多年的好友木月的表白：
"我会活得比现在更坚强，然后成熟。我将成为大人，我必须
这样做。过去我希望永远停留在十八岁，如今不这么想了。我

已经不是十几岁的少年了。我感觉到什么叫责任了。"

　　从直子到阿绿，渡边走向成熟，亦如《挪威的森林》的结尾："我只能站在那个不知名的地方，不停地呼唤着阿绿的名字。"

故事的背景

　　小说的写作背景是 20 世纪 60 年代日本的"安保运动"，在运动大潮的漩涡里，读大学的渡边和阿绿始终是亲历者、逃离者和旁观者。他们看到了运动者的虚伪、乏味和言行不一、反复无常，始终持疏远和反讽的态度。"安保运动"是日本战后最激烈的一次学生运动，是村上春树那代人经历的最狂热的一次集体运动。运动爆发时，村上刚进入早稻田大学不久。不擅长参加集体行动的村上一开始是支持学生运动的，但他没有参加任何派系，只在个人范围内做些事情。运动逐渐发展，反体制派系之间内讧加深，轻率致人丧命，他对运动感到幻灭。他在《我的职业是小说家》中写道："那里面隐藏着某些错误的、非正义的东西……而当风暴退去、雨过天晴之后，残留在我们心中的只有余味苦涩的失望。不管喊着多么正确的口号，不管许下多么美丽的诺言，如果缺乏足以支撑那正确与美丽的精神力量和道德力量，一切都不过是空洞虚无的说辞罢了。"

　　因为这场运动的关系，村上春树对日本、对那个时代抱

有强烈的疏离感，台湾作家杨照认为，村上春树从 1979 年的
《且听风吟》开始，一路走来，这个背景从来没有离开过，在
这个背景之上，他建立了贯穿自己小说的几个主题。

《刺杀骑士团长》 初读

　　这本书 2018 年 3 月就已在国内发行了，当时没有看的原因，一是太贵，二是太厚，后来有了电子书也没有提起兴趣。后来在微博上读到对村上的最新访谈，才想起这本书，于是下载阅读。小说写得非常有吸引力，借助了侦探小说的形式，多条线索故事并进，一连读了几天。故事很简单，有些地方语涉神秘，有些费解。之所以篇幅长达 64 章，可能是由于村上春树式的写作风格：村上尤其擅长营造氛围，以及细腻书写人物微妙的想法。这些孤独演奏的慢调低语，意识的缠绕与徘徊，也恰恰是阅读村上春树的乐趣之一。

　　小说中有四个故事：1. 我是一个埋首家庭生活的画家，热爱真正艺术，可是迫于生计只能画没有任何艺术价值的商业肖像画。由于自己执着认真的个性，肖像画小有名气，客源不断。但这不是我想要的生活，肖像画画家这个职业正在覆盖我的生活，四十岁快来临了，自己需要改变。此时妻子突然提出离婚，难以接受的我一路向北旅行。后来借住在大学好友雨田政彦父亲山顶的画室里。最后通过朋友点滴叙述，发现妻子外遇怀孕了，又不愿与外遇男子结婚。2. 我躲避生活全身心投入到自己所追求的艺术创作中，我住在前辈画家雨田具彦家。雨田具彦是非常有名的日本画画家，此时已经年届九十，住进了疗养院，意识和记忆退化，已经分不清音乐和平底锅的区别。困惑茫然之际，我在雨田具彦的房子阁楼上发现了他束之高阁未公之于世的画作《刺杀骑士团长》。虽然是日本飞鸟时期的装扮和故事，但很具意味，隐藏着雨田具彦几十年前留学维也纳时的一段惨痛经历，吸引我去探索画作的意味。3. 我的邻居神秘富豪免色，出巨资邀请我为他画肖像画，逐渐透露出他的故事并请我帮忙。免色五十四岁功成名就，之所以强硬买下这座白色豪宅，是为了观察山对面的秋川一家。免色年轻时有个恋人，嫁到了秋川家，并很快生下女儿——秋川真理惠。恋人突然去世，免色收到一封暗示性很强的书信。他怀疑秋川真理惠是自己的女儿，试图寻求机会接近。而秋川真理惠正是我绘画班的学生。计划是我以给秋川真理惠画肖像画为由邀请到家，而免色前来我家拜访相见。4. 秋川真理惠，倔强的十二岁学生，始终担心自己乳房发育不够好，向往姑母秋川笙子丰硕的乳房。和姑母一块被免色邀请到豪宅观看肖像画时，敏感的秋川真理惠发现免色平时可能在阳台上用望远镜观察自己家，不清楚焦点是姑母还是自己，同时也发现姑母同免色的亲密关系，怕姑母受伤害潜伏到免色家无法逃出而被视为失踪。

　　四个故事紧密牵连，神秘化的情节中，我和免色打开了后院杂木林神庙的地洞，放出了理念，理念化身为《刺杀骑士团长》中的骑士团长。我为了寻找失踪的真理惠，在雨田具彦居住的疗养院里刺杀了骑士团长，进入神秘洞穴。

　　四个故事中的每个人物都有原型，"我"和具有成长烦恼的女孩秋川真理惠，似乎是村上春树小说中反复出现的人物。

　　雨田具彦以及弟弟雨田继彦的原型可能是村上春树的父亲，参加过侵华战争，九十岁去世。"在《纽约客》的采访中，他还罕见地提到了自己家族史——村上的父亲曾是前途光明的京都大学的学生，后来被日本陆军强征入伍派往中国战场，虽然幸运地以完整之身返回家乡，却毕生无法摆脱那些狰狞的战场记忆。父亲曾向童年的他断断续续讲过他的侵华战争经历，但细节部分都从村上日后的记忆中消失了。这与其说是村上春树故意淡忘家族父辈的战争罪行，还不如说他在参与见证这段黑暗历史时受到难以名状的创伤。"他记得父亲常在饭前祈祷，为战争中死去的所有人，他看到父亲的背影，总会有挥之不去的死亡阴影。

　　免色的原型是村上春树最为推崇的作家司格特·菲茨杰拉德的《了不起的盖茨比》中的盖茨比。盖茨比为了接近曾经的恋人黛西，央求邻居代为邀请，并在邻居家相见。情节几乎都是在模仿，只是这个模仿的故事有些生硬。

　　为什么要刺杀骑士团长？黑色洞穴隐喻着什么？释放出又杀掉的理念到底是什么？这是阅读这部小说最大的困惑。

除去各种知识化的阐释，简单言之，刺杀的也许是过去经历的创痛在内心遗留下的挥之不去的阴影，无论这创伤与阴影作为理念存在还是作为隐喻的形式存在。只有刺杀了这些阴影的象征如骑士团长，才能走出阴影，走向新的生活。最简单的例子，"我"最后不再执着于艺术非艺术的观念区分，为了稳定收入重操旧业画起了肖像画，不再思考妻子某种程度上像自己死去的妹妹，和妻子重归于好。

温柔的心，坚硬的语言

《红楼梦》第二十三回说："贾政一举目，见宝玉站在跟前，神彩飘逸，秀色夺人；看看贾环，人物委琐，举止荒疏；忽又想起贾珠来，再看看王夫人只有这一个亲生的儿子，素爱如珍，自己的胡须将已苍白：因这几件上，把素日嫌恶处分宝玉之心不觉减了八九。"

这是古代小说中不常有的心理描写，从中我们可以看出贾政对贾宝玉的肯定与欣赏。贾政看到平时被自己目为"畜生""孽障""精致淘气"的儿子贾宝玉顿生爱怜抚慰，"把素日嫌恶处分宝玉之心不觉减了八九"，怜爱之情满纸。读到这里让人感觉，贾政的内心已经足够柔软，接下来应该对贾宝玉款语温言了，谁知贾政半晌说道："娘娘吩咐说，你日日外头嬉游，渐次疏懒，如今叫禁管，同你姊妹在园里读书写字。你可好生用心习学，再如不守分安常，你可仔细！"贾政停了半晌说出来的话仍是严厉的教训话语。这停了半晌，也许贾政是在思考如何将刚刚兴起的疼爱、欣赏付诸语言，搜肠刮肚仍未想出，索性回归日常，板起严父面孔，用起教训的话语。教训的话语似乎就是父亲的话语特色，贾政简直是中国父亲的典型，对孩子不假以辞色一直被看作是父亲的美德。

一开始我认为这与我们的文化传统有关，不都说严父慈母吗？父亲就得板着脸，做严肃状，嬉皮笑脸就不是父亲的样子。中国男子推崇脸部的零表情，无论内心如何情感汹涌，也不表露出来，把隐忍不发看作是一种庄严自尊。许多父亲都是这样，看到孩子玩耍通常都不假以辞色，不给好脸色，总是严肃地批评，即便孩子考试成绩名列前茅父亲心里很高兴，也会说："不要骄傲，继续保持。"非常像这里的贾政。待孩子成年，生活环境与父亲差别很大，许多父亲无处也无力教育指导孩子的新生活，每次打电话似乎有很多话要说，可到嘴边总是那几句简单的轱辘话，如"吃饭没有呀""吃的什么啊"。

传统中国男人不擅长情感表达，追求含蓄，言有尽而意无穷。不仅是做父亲，很多人对情感的表达都很尴尬，内心明明有许多缱绻缠绵，说出来总是干巴巴的。而韩剧里的男女，说出的话语，无论语义还是音调，都温婉细密。这也许就是很多人大爱韩剧的原因，因为中国男人太不会表达情感，说不出这样的话。

最近读以色列作家阿摩司·奥兹的《爱与黑暗的故事》，奥兹反思父母表达私人情感时的一段话对我有很大的触动。

……空洞无物的谈话实则并不空洞，只是笨拙罢了。

那些谈话现在显示给我的则是，当时对他们——对所有的人，不光是对我的父母来说，表达个人情感多么艰难。对他们来说表达公共情感没有丝毫困难——他们是有情人，他们知道如何说话。啊哈，他们多会说话啊！他们能够连续三四个小时用充满激情的语调谈论尼采、斯大林、弗洛伊德、杰伯廷斯基，能将所知道的一切倾囊而出，掬同情之泪，声调平板地谈论殖民主义、反犹主义、正义、"农业问题"、"妇女问题"、"艺术对生活问题"，但是一旦他们要表达私人情感时，总是把事情说得紧张兮兮，干巴巴，甚至诚惶诚恐，这是一代又一代遭受压抑与否定的结果。事实上是双重否定，双重约束，就像欧洲资产阶级行为方式加强限制宗教犹太社区。似乎一切均遭到"禁锢"，或"不得如此"，或"不雅"的否定。

除此之外，还有语词的巨大缺失。希伯来语仍旧不算足够自然的语言，它当然不是一门亲密语言，当你讲希伯来语时，难以知道说出之后的真正含义。

贾政和大多数父亲一样，对于表达公共情感没有丝毫困难，可以铿锵有力，可以抑扬顿挫，可以滔滔不绝，但对于表达个人情感是多么艰难。不知道如何表达温柔，除了与文化有关，我们的文化向来否定温柔，反对"巧言令色"，这被看作"妇人之仁""鲜矣仁"。鲁迅反其道而行之，"无情未必真豪杰，怜子如何不丈夫"。按照《爱与黑暗的故事》里奥兹的分析，我们知道这大约还与语言有关，与表达公共情感的公共话语相比，汉语语言给予私人情感的表达，空间太少，词汇太少。在表达个人情感方面，汉语某方面也不是足够自然的语言。贾政们不是不会温柔，只是表达私人情感的词汇太少，语言太坚硬。

鲁迅说，我们要重新学习如何做父亲，我想在学会如何做父亲之前，我们应该先重新学习如何改变自己的语言，说真正父亲想表达的内容。

或者推而广之，在与他人相处时，我们要学习并找到表达情感的语言。

萧萧白杨与无事忙

　　《红楼梦》第五十一回"薛小妹新编怀古诗　胡庸医乱用虎狼药"，宝玉见胡庸医给晴雯开的药方里有枳实、麻黄等虎狼之药，便觉不妥，"该死，该死，他拿着女孩儿们也像我们一样的治，如何使得！凭他有什么内滞，这枳实、麻黄如何禁得"。此处写出了贾宝玉的细心体贴，对晴雯的维护，这体贴来自内心对男女有别的理解，女儿是水做的骨肉，男子是泥做的骨肉，女儿清洁高贵，男儿污浊低微。"我和你们一比，我就如那野坟圈子里长的几十年的一棵老杨树，你们就如秋天芸儿进我的那才开的白海棠，连我禁不起的药，你们如何禁得起。"程高本改这句为："我和你们就如秋天芸儿进我的那才开的白海棠似的，连我禁不起的药，你们如何禁得起。比如人家坟地里的大杨树，看着枝叶茂盛，却是空心子的。"这显然不符合宝玉对男女有别的见解，而且从语义上看，宝玉和晴雯等一样比作秋海棠，那么下面以大杨树作对比就多余了。麝月等笑道："野坟里只有杨树不成？难道就没有松柏？

我最嫌的是杨树，那么大笨树，叶子只一点子，没一丝风，他也是乱响……"

麝月对杨树的特点描述得非常真切，树大叶小，无风乱响。幼年成长在乡村，村中多杨树，许多都壮硕如大大的华盖。夏日炎炎，当时尚无空调等电器，亦常停电，午后拿着凉席到杨树林下纳凉午睡，或打牌下棋，听大人们家长里短，老人们诉说老年间的故事。伴随着这些的就是杨树有风无风的哗哗声响。院子不远处有一方池塘，池塘周围有几棵合抱的大杨树，从院子看尤显真切。朝阳从杨树梢升起，傍晚放学后在杨树下玩泥巴或者弹玻璃球，有时也有老人靠着杨树蹲在那里打盹。家里如果宁静下来，坐在院子里看书，总能听见杨树哗哗地响。有次暑假午睡醒来，窗外哗哗如落雨，以为下雨了赶紧起床收院子里晾晒的衣服，走到庭院一看，斜日犹在，崦嵫未迫，幡然想起原来是那几棵杨树作祟。秋风一至，树叶爽然飘落干枯，成为极好的柴火。中秋回家，庭院柿叶通红，母亲不在，一问，原来是去杨树林用耙子搂些杨树叶回来烧火。回忆历历，如在目前，迄来十几年了。如今那些杨树早已砍伐，乡人极少再去树林纳凉，每次回到老庭院，总怅然若失。

这些经历、这些往事似乎会随着一代人的老去而终结，偶尔在文字间看到同样的经验，异常高兴。虽异时异地而心有同感，岂不快哉。除了《红楼梦》中的这段文字，作家周作人、孙犁在文章中亦分别有描述。

周作人《山中杂信》：

> 门外生着一棵白杨树，树干很粗，大约直径有六七寸，白皮斑驳，很是好看。他的叶在没有什么大风的时候，也瑟瑟的响。仿佛是有魔术似的。古诗说，"白杨多悲风，萧萧愁杀人"，非看见过白杨树的人，不大能了解他的趣味。欧洲传说云，耶稣钉死在白杨木的十字架上，所以这树以后便永远颤抖着。

孙犁《青春余梦》：

> 我幼年时，我们家的北边，也有一棵这样大的杨树。我的童年，有很多时光是在它的下面、它的周围度过的。我不只在秋风起后，在那里拣过杨叶，用长长的柳枝穿起来，像一条条的大蜈蚣；在春天度荒年的时候，我还吃过杨树飘落的花，那可以说是最苦最难以下咽的野菜了。

每次读到麝月说的这几句话，除了能回忆起一些往事，还能回想起听杨叶声的周作人和穿杨叶的孙犁。这超出了曹雪芹的文本意图，这正是阅读的乐趣。就如一首歌一段旋律，每当偶然再次听到，总能勾起早年听这首歌的生活氛围，以及人与事、那时的感情状态，这是写歌人和唱歌者意料之外的事。当然，曹雪芹这里用杨树比作贾宝玉，除了讽刺自命清

高的读书人动不动就用松柏自喻外，应该还有其他用意，有
他独特的关于杨树的语义故事。

　　曹雪芹的祖父曹寅的《楝亭诗钞》卷五《南辕杂诗》中
有一章，写曹寅去北京述职返回南京路过山东时的情景："林
间系马集归鸦，屋上炊烟指歇家。随处风光期好语，婺儿争拾
白杨花。"诗下小字自注"滕人呼白杨花为无事忙"，滕即是
现在山东滕州。"无事忙"是指初春杨树上开出的一串串小穗
花，它开得快，去得也快，满挂枝头却不见结果，稍遇风雨便
零落得满地皆是，瞎忙活一场，济南有民谣曰："无事忙，无
事忙，落下来，哭一场。"老人们讽刺那些顽皮好动不干正事
的孩子为无事忙。

　　《红楼梦》第三十七回"秋爽斋偶结海棠社　蘅芜苑夜拟
菊花题"，大观园各人为结诗社起诗号，林黛玉为潇湘妃子，
李纨为稻香老农，贾宝玉嚷着让众人也给他想一个，薛宝钗
笑道："你的号早有了，'无事忙'三字恰当的很。"随后又送
贾宝玉一个最俗的号"富贵闲人"："天下难得的是富贵，又
难得的是闲散，这两样再不能兼有，不想你兼有了，就叫你
'富贵闲人'也罢了。"这两个名号看似相反却又相近，贾宝
玉兼有富贵与清闲，却又整日忙忙碌碌，盖贾宝玉所忙并非
世人热衷的功名利禄、仕途经济，而是周转于闺阁园中做护
花使者，辗转裙钗之间调脂弄粉、调停纠纷。疲于奔波，两处
不讨好，被目为中看不中用的怪人，遂自悟"赤条条来去无
牵挂"。这真有些像杨树那样"无事忙"。

　　后来，邢岫烟、贾迎春出嫁，宝钗、香菱搬出，司棋、晴雯夭逝，贾宝玉见大观园人物离散，昔日忙碌之景渐为冷清之象，悲凉之雾，遍被华林。由此推想大观园终究会失落，随着时间的推移，邢岫烟等都会绿树成荫子满枝，直至银发鹤颜形容枯槁，他所热衷的黛玉、宝钗等皆会终归无可寻觅之时，"则自己又安在哉？且自身尚不知何在何往，则斯处斯园斯花斯柳又不知当属谁姓已"。这就如哲学家邓晓芒对《红楼梦》的概括："人生天地间，无非有情之灵物，情生于心，心动于物，物形于色，色归于空。世上本无事，庸人自扰之。"如此说来，庸人自扰之无事忙的又岂止杨花和宝玉？

从判词看钗黛区别

　　自《红楼梦》问世以来，就诞生了一个聚讼纷纭的话题，林黛玉、薛宝钗的优劣高低，但凡读《红楼梦》大都会面临这样的发问："林黛玉、薛宝钗你更喜欢哪一个？"清人邹弢在《三借庐笔谈》中记载了两个读书人因对林黛玉、薛宝钗的看法不同而起了争执："一言不合，遂相龃龉，几挥老拳……于是两人誓不共谈《红楼》。"拥护林黛玉的认为黛玉性情率真，宝钗曲迎世故；黛玉为人比较自我，生活精致诗化，宝钗做人有些乡愿，契合世俗；黛玉对宝玉一往情深，是见证在三生石上的仙缘，宝钗对宝玉是功名利禄的呵护，是镌刻在金玉之上的俗缘。拥护宝钗的人认为宝钗待人仁厚体贴，黛玉偏狭苛刻；宝钗合群随俗，黛玉孤傲任性；黛玉病态感伤，宝钗积极进取。还有一类，把黛玉、宝钗当作宫斗戏解读，就不那么恰当了，《红楼梦》毕竟不是《甄嬛传》，它更注重每个人在其具体的人生格局里反抗命运的悲剧。

　　由于钗黛高低优劣问题太尖锐，太莫衷一是，便有许多学者在论述《红楼梦》时另辟蹊径，比如红学家周汝昌先生就直言不讳，说自己不喜欢钗黛，溢于言表地喜欢史湘云，在自己的红学研究中建构《红楼梦》是"黛、钗、云"三部曲，史湘云才是迷失的后半部主角，在经历一番悲欢离合之后，最终和宝玉"因麒麟伏白首双星"，证得"金玉良缘"。同时也考证出曹雪芹的红颜知己脂砚斋就是史湘云的原型。著名学者王昆仑更欣赏王熙凤，写有洋洋洒洒几十万字的《论凤姐》。作家毕飞宇则喜欢晴雯，认为晴雯是宝玉最喜欢的女子。

　　另辟蹊径对钗黛一概不喜，只是问题的回避，仍未对钗黛高低做出合情合理的论断。俞平伯先生根据文本结构和脂砚斋批语暗示提出"钗黛合一论"，当代作家王蒙接其余绪。在薄命司金陵十二钗图册中，钗黛合为一图、合咏一诗，而其他人则是一人一图一咏；太虚幻境里警幻仙子把妹妹许配给了宝玉，在宝玉眼中这名女子"鲜艳妩媚，有似乎宝钗，风流袅娜，则又如黛玉"，而且名唤兼美，可看作钗黛合二为一的隐喻。脂砚斋批语中也提到："钗玉名虽两个，人却一身，此幻笔也。"因此，俞平伯先生认为："书中钗黛每每并提，若两峰对峙双水分流，各极其妙莫能相下，必如此方极情场之盛，必如此方尽文章之妙。"俞平伯的论断后来虽然被批判为形式主义考证，却给我们提供了另一个思考钗黛问题的维度。钗黛两人向我们展示了人生的两个面向，即理想与现实、自我与群体、情感与理性、艺术与人生、恋爱与婚姻等既对立又纠葛的矛盾体。贾宝玉也无奈感喟："戕宝钗之仙姿，灰黛玉之灵窍。"

但是钗黛合一论也没能真正和解拥钗派和挺黛派的争端。其实面对黛玉、宝钗这人生的两个维度，尽管可以随个人的性情爱好，一千个读者一千个哈姆雷特，永远不会结束，这也是《红楼梦》永是经典的原因。争执之余，对这个问题仍不死心，疑惑曹雪芹在构思创作《红楼梦》时应该有区别高低吧？在阅读《红楼梦》第五回林黛玉、薛宝钗的图咏判词时逐渐展开了疑惑，姑且试着拆开这个"鱼头"，理绎出一番道理来。

金陵十二钗正册的头一页便是林黛玉、薛宝钗的图咏，"画着两株枯木，木上悬着一围玉带；又有一堆雪，雪下一股金簪"。两株枯木是林黛玉泪尽而亡，贾宝玉因她看透红尘，抛却了象征着荣华富贵的玉带决然出家。雪堆埋金簪是写宝钗，世俗皆以金为贵，以雪为白，可是金簪放错了位置，白雪终究会融化，写宝玉出家后宝钗独守空闺徒有虚名。图画从旁观者的角度为黛玉惋惜、替宝钗不值。但从贾宝玉的角度看，但凡知道红楼故事的都明晓其倾向，尤其图画中那条玉带的归属。

接下来再看判词：

> 可叹停机德，堪怜咏絮才。
> 玉带林中挂，金簪雪里埋。

　　这首判词分别用了乐羊子妻和谢道韫两个典故。《后汉书·列女传·乐羊子妻》中记载了这样的故事，乐羊子外出负笈求学，因为想家一年就回来了，他的妻子就拿刀断了织布机上的绢布，来指代学业中断，箴劝丈夫学业不可断，求取功名不可半途而废。谢道韫的典故来自《世说新语·言语第二》，一天天降大雪，谢道韫的叔叔谢安对雪咏诗："白雪纷纷何所似？"谢道韫的哥哥谢朗说道："撒盐空中差可拟。"谢道韫接道："未若柳絮因风起。"谢安一听大加赞赏。曹雪芹用规劝丈夫的乐羊子妻隐喻薛宝钗，十分暗合宝钗的身份。小说中薛宝钗屡屡劝谏贾宝玉留心仕途经济，气得贾宝玉不给面子拿脚就走，扬言："林姑娘从来说过这些混帐话不曾？"重点强调薛宝钗合乎妻子礼教的"德"。用才能不让须眉的谢道韫隐喻林黛玉，重点强调的是黛玉的才，小说中有许多情节写黛玉的诗才超群。才德之辩历来是聚讼纷纭的主题，《红楼梦》中曹雪芹的才德之辩是爱才而敬德、怜才而叹德。比如才能万个男人也不及的王熙凤是书中和贾宝玉并列的大角色，牵动着《红楼梦》家亡人散的主线，在小说叙事和脂砚斋批语中，流露着对王熙凤的喜爱；而坚持"女子无才便有德"的李纨，"身处膏粱锦绣之境，竟如槁木死灰一般"，生活没有色彩，整个青春甚至整个生命都被妻子、母亲这两个角色绑架了，在小说叙事中暗讽，在判词中明确地批判。我们可以看出曹雪芹对林黛玉是爱是怜，对薛宝钗是敬是叹，在整部小说叙事中对林黛玉是亲密的爱的流淌，伴随着薛宝钗的则是敬畏之后的一声叹息。

再来看《世说新语·贤媛第十九》中关于谢道韫的另一则故事：

> 谢遏绝重其姊，张玄常称其妹，欲以敌之。有济尼者，并游张、谢二家。人问其优劣，答曰："王夫人神情散朗，故有林下风气；顾家妇清心玉映，自是闺房之秀。"

谢道韫嫁于王羲之的儿子王凝之，故称王夫人。顾家妇指张玄妹。林下指竹林七贤，《世说新语》常用竹林七贤作为标准月旦评文人雅士。面对十分出众的谢道韫和张玄妹，世人难分高下，而聪慧的济尼评价两位大家闺秀优劣时委婉地回答，顾家妇是闺阁中出类拔萃的人物，而谢道韫具有竹林七贤的风骨。高下判然，十分明白。

我们可以将林黛玉和薛宝钗代入这样的语境，薛宝钗美艳过人、学识广博、通达世故，尽善尽美矣，然则不过是闺阁中出类拔萃的妇德代表，尘俗世界的精英；而林黛玉气质境界更高，具有林下风致，超脱世俗，可比竹林七贤的魏晋风度，追求人的独立自由。从判词中可以看出二者的高下，而且脂砚斋在第三回的批语中明确点出"甄英莲为副十二钗之首，今黛玉为正十二钗之冠"。

我们也可以从家世背景和所受教育的角度来看，林黛玉祖上袭过列侯，至父亲林如海，便走科举之路，成为进士及第第三名探花。虽系钟鼎之家，亦是书香之族。只可惜林家支庶不盛，子孙有限，没甚亲支嫡派，只有黛玉一个女儿，夫妻无子，爱如珍宝，见她聪明清秀，便欲使她读书识得几个字，不过假充养子之意，聊解膝下荒凉之叹。

薛宝钗家虽是皇商，不过依赖祖上旧情分，户部挂虚名，支领钱粮，其余事体，都交给伙计老家人等措办。薛宝钗比薛蟠小两岁，生得莹润，举止娴雅。当日父亲在日，酷爱此女，令其读书识字，较之乃兄竟高过十倍。自父亲死后，见哥哥不能依贴母怀，她便不以书字为事，只留心针黹家计等事，好为母亲分忧解劳。

林黛玉出身于书香门第显赫家族，薛宝钗则出生于没落的皇商世家。林如海从小把黛玉当男子教育。宝钗虽有父亲酷爱，但自父亲死后，见哥哥不能依贴母怀，她便不以书字为事，只留心针黹家计等事，好为母亲分忧解劳。针黹乃妇女之事业才能展现之所在，家计则是和母亲一起操劳筹划家业事务训练。林黛玉的教育以读书人为标准，薛宝钗的教育则是妇工妇德和社会应用家务。才思敏捷、目无下尘的黛玉具有读书人的诗书气质，举止中规善于理性筹划的薛宝钗则习得洞悉世故人情的商人才能。这与她们所受的教育和成长环境有着千丝万缕的联系。

《红楼梦》集中对林黛玉和薛宝钗的比较是在第五回：

"不想如今忽然来了一个薛宝钗，年岁虽大不多，然品格端方，容貌丰美，人多谓黛玉所不及。而且宝钗行为豁达，随分从时，不比黛玉孤高自许，目无下尘，故比黛玉大得下人之心。便是那些小丫头子们，亦多喜与宝钗去顽。因此黛玉心中便有些悒郁不忿之意，宝钗却浑然不觉。"

这是林黛玉和薛宝钗都进入荣国府后，周围人对两人的反应。而读者也认为这几句话是作者对两人的定评考语。其实从林黛玉和薛宝钗此时的年龄，即可洞悉其中的因由。此时林黛玉十一岁，贾宝玉十二岁，薛宝钗已十四岁。薛宝钗隐隐然可谓是人情练达的"成年人"了。

通过上面的分析，也许能够得出《红楼梦》中林黛玉和薛宝钗的高低优劣。然则这并不阻碍读者去喜欢薛宝钗拥护薛宝钗，喜欢哪个人，从接受美学看是读者的权利和自由。从我个人的阅读经验来看，喜欢薛宝钗是个时间问题，而喜欢林黛玉是个现代问题。刚开始阅读《红楼梦》时也许会喜欢林黛玉，随着时间的变化、年龄的增长，经历了许多世事，就会慢慢喜欢上宝钗，以及王熙凤、平儿、袭人等，喜欢她的应付裕如、体谅他人、洞察人情，守本分，善筹划，知进取。宝钗更适合生长在一个群体结构很强的社会，我们也离不开群体，逃不掉社会结构。喜欢林黛玉则是一个现代命题。在具有现代气质的尊崇个人的社会环境中，人们更喜欢那种追求自我，追求独立自由，超脱社会关系网络和生活角色的牵绊，向着诗情艺术有召唤、爱自由的生活。

林黛玉的疾病

　　林黛玉在《红楼梦》中一直被当作病西施，小说一开始就说林黛玉"素本怯弱"。第三回"贾雨村夤缘复旧职　林黛玉抛父进京都"说，众人见黛玉"身体面庞虽怯弱不胜，却有一段自然的风流态度，便知他有不足之症"。因问："常服何药，如何不急为疗治？"黛玉道："我自来是如此，从会吃饮食时便吃药，到今日未断，请了多少名医修方配药，皆不见效……如今还是吃人参养荣丸。"

　　林黛玉的"不足之症"就是民间所说的"先天不足"，泛指各种虚症。中医专家段振离对此有详细的解释："分析林黛玉的虚症，既有先天因素，又有后天因素。黛玉之母贾敏身体就很虚弱，以致黛玉从小便给她'奉侍汤药'，然最终未能挽回她的性命，导致中年而丧。黛玉之父林如海去世的时候也不过五十多岁，都未能达到长寿，以致黛玉先天不足。后天缺乏锻炼，父母视为掌上明珠，自然是娇生惯养，不参加体力劳动，再加上消化不好患有疾病（后来证实为肺痨病，即肺结核），久治不愈，造成气血双虚。"平时服用的人参养荣丸不过是缓解之药。人参养荣丸始自宋代《太平惠民和剂局方》，医家广泛用于治疗血气双亏。

　　书中对黛玉疾病的描写断断续续。第三十四回黛玉夜半写完"题旧帕三首"，待还要往下写时，"觉得浑身火热，面上作烧，走至镜台揭起锦袱一照，只见腮上通红，自羡压倒桃花，却不知病由此萌"。根据此段描写和时断时续时轻时重的慢性症状，判断林黛玉得的是肺痨病，即肺结核，"因为她的症状是咳嗽、喘息、气短、午后潮热、两颊潮红、纳差、消瘦、咳痰。先是清痰，病情加重后为血痰，最后大量咯血而死"。

　　在古代，肺结核是不治之症，死亡率较高。正是因为患了这不治之症，林黛玉才形成了敏感的性格，心才比比干多一窍，她的疾病在《红楼梦》的叙事中被审美化了。因为疾病，她对生命有着深层的思考。她的思考是不幸人生遭遇下主动式思考与体验，而贾宝玉的荒原体验更多是经历种种家族与个人系列变故的被动式体验。因为林黛玉，《红楼梦》弥漫着诗意与哀愁，而读者对《红楼梦》的阅读始终伴随着一种对生命有限的深层次感伤与忧郁。

　　随着阅读的增多，我发现肺结核病是近现代以来的文学中不断显现的幽灵，我们常常会阅读到一个咳嗽、喘息、咯血、敏感的人物形象，最后死于肺病，甚至成为一种病态美。马尔克斯《霍乱时期的爱情》里密切关注着乌尔比诺一家的弗朗伦蒂·阿里萨有整整一年时间没有看到梦中情人费尔明娜·达萨出席任何市民活动和社交场合，城中谣言四起，纷纷判定，这么一位高贵的妇人得的一定是肺结核。围绕着肺结核病不仅仅是无法治愈的恐惧，因为它的缓慢、潮红、神经质等症状，还建构了一层美好的文化意义与想象。苏珊·桑塔格的《疾病的隐喻》、柄谷行人的《日本现代文学的起源》都对肺结核的文学隐喻和意义有着详细的分析，吴晓东教授的论文《文学中的疾病主题》说："在人类的疾病和治疗史上，被过度审美化了的疾病，可能只有肺结核了。"面容"粉白清瘦，在结核病的症候中却不具有代表性。我们更经常见到的，是潮红的脸颊、神经质的气质、弱不禁风的体格，以及漫长的治疗过程"。《红楼梦》中，林黛玉潮红的脸颊、神经质的气质、弱不禁风的体格弥散着审美化的气息。

拜伦说："我真期望自己死于肺病。"健壮有活力的大仲马则试图假装患有肺病。这些现象除了肺结核病作为一种审美化的疾病外，另一个深层原因即它扭曲为身份、权力与文化的象征："在欧洲十八世纪中叶，结核已经具有了引起浪漫主义联想的性格。结核神话得到广泛传播时，对于俗人和暴发户来说，结核正是高雅、纤细、感性丰富的标志。患有结核的雪莱对同样有此病的济慈写道：'这个肺病是更喜欢像你这样写一手好诗的人。'另外，在贵族已非权力而仅仅是一种象征的时候，结核病者的面孔成了贵族面容的新模型。"

《红楼梦》产生以来，那些林黛玉病态的模仿者，如鲁迅

在《病后杂谈》中讽刺的那样："愿秋天薄暮，吐半口血，两
个侍儿扶着，恹恹的到阶前去看秋海棠。"除了像林黛玉那样
真的患有肺病身体虚弱者外，还有一层原因，围绕着肺结核
病以及相似的症状，有着审美化的意义以及感性丰富的贵族
标志。

智通寺：便过一生也得

　　《红楼梦》第二回，贾雨村被革职后淹留扬州，闲居无聊，信步游玩，走到城郭外，瞻览村野风光，忽见在山环水旋、茂林深竹之地，隐隐的有一座残破的寺庙，门额题曰"智通寺"，门旁有一副残旧对联，语云：

　　　　身后有馀忘缩手，眼前无路想回头。

　　此联文浅意深，语意乍看似俗谚，强调凡事不可太过，回头是岸，内里却暗藏禅机，一忘一想之间白描出世上多少人和事。脂砚斋在批阅《红楼梦》时用"悬崖撒手"一词写宝玉的结局。第二十一回有一段脂评："宝玉之情，今古固无人可比矣……宝玉有此世人莫忍为之毒，故后文方有悬崖撒手一回。若他人得宝钗之妻、麝月之婢，岂能弃而为僧哉！"第二十五回脂砚斋重复提到此词，这个成语出自宋代《景德传灯录》："直须悬崖撒手，自肯承当。"脂砚斋批语透露，《红楼梦》最后是有"贾宝玉悬崖撒手"一回，经历过贾府之败、黛玉之殇和袭人之嫁的贾宝玉，最终幡然醒悟，悬崖撒手，毅然抛弃娇妻宝钗、贤婢麝月，出家为僧。

刘心武解释说："所谓'宝玉悬崖撒手'，即'出家'。就像续书所言，在白雪茫茫中，贾宝玉身穿大红斗篷，和一僧一道，作歌而去。"

周汝昌先生在《定是红楼梦里人·红学灵魂》中认为："悬崖撒手，是针对悬崖勒马而言的，是说临悬崖，劝人'勒马'，是俗义是意障了，相反，正是要放开勒马的缰绳——如此方能冲过'悬崖'，臻于'向上路'高境界！……由此确知：雪芹写的宝玉'悬崖撒手'，是指已临险境，生死关头，他却不顾'箴''规'，大勇无畏地选定了自己要走的大路——不是指'出家当和尚'。全弄错了。"

周汝昌先生所言的"悬崖撒手"并非是指出家，而是指冲破执着。这样解释是为了圆周先生的"《红楼梦》是黛玉、宝钗、湘云三部曲"的叙事，印证贾宝玉出家后又为史湘云还俗，最终贾史二人"因麒麟伏白首双星"，史湘云才是后半部的主角。悬崖撒手本义也并不是指出家，悬崖指危险的境地，撒手可能是指撒手执念，放弃而超脱。譬如刘熙载《艺概·词曲概》："东坡词在当时鲜于同调，不独秦七、黄九，别成两派也。晁无咎坦易之怀、磊落之气，差堪骖靳。然悬崖撒手处，无咎莫能追蹑也。"此处"悬崖撒手"指的是倏然超脱的意境（叶嘉莹语）。《红楼梦》中贾宝玉多次说："你死了，我做和尚！"脂砚斋批语中的"悬崖撒手"既指倏然超脱，又指宝玉超脱的具体形式是出家为僧。智通寺门旁的对联，似乎是对"悬崖撒手"的通俗注解，身处悬崖危境直须撒手心中执着之念，倏然超脱。正如《好了歌》，情到好时便是了结时，需要撒手超脱。

去过许多名山名刹的贾雨村觉得这里定有一个翻过红尘筋斗的人，于是进庙里寻找机缘，却只见一个既聋且昏的老僧。老僧齿落舌钝、答非所问，雨村不耐烦就离开了。小说中关于智通寺的描绘，并不像铁槛寺、水月庵那样，表面一片佛道乐景，实际是藏污纳垢之所，智通寺是一个方外得道之所，正好对功名利禄之心颇盛的贾雨村有所警醒。此刻的贾雨村，已然经由甄士隐接济得中进士当上知府，又因恃才侮上、沽名钓誉被上司参劾革职，经历了一场俗世兴衰，应该能看透官场腐朽素难清正，志才不可用世，本可以真心袖月担风做出世之想，像看透人情冷暖的甄士隐那样，遇到渺渺大士被点化而去。此时正是贾雨村悬崖撒手的好契机，无奈贾雨村虽然见识卓异，但是"凡心已炽"，正在寻求贵人和机会，准备再次"钗于奁内待时飞"。如何见得？且看出了智通寺贾雨村见到冷子兴后便问："近日都中可有新闻没有？"这和第一回飘零葫芦庙时贾雨村见到甄士隐后的问的"敢是街市上有甚新闻否"，如出一辙。对于"新闻"二字，周汝昌先生在《红楼小讲》中有清晰的注释："而这新闻者，原本是指京师的政治气候，诸如大官要职的升迁罢黜，人事关系的动态行情等等之类，（清代）周亮工说自己的家规若干条，头一条便是不许朋友见面问'新闻'。曹雪芹在此处只用开口一句话，就把这个利禄熏心、专营奔竞的势利小人贾雨村的精神写得活灵活现。"曹雪芹红楼叙事最爱这种冷中出热、热中见冷的隐曲从容之笔，如第三十三回，贾宝玉看到父亲要打他，慌忙无措急着找人给贾母报信，也遇到一个齿落舌钝既聋又昏的老太婆，有一番驴唇不对马嘴的"答非所问"，用脂砚斋式的话评论：小说又作文章读，真真好看煞。

《石头记 周汝昌校订批点本》对智通寺之名进行了疏解："唐太宗《圣教序》：智通无累，神测未形。此原是称赞玄奘法师的极高评价，雪芹借来，以反托旁衬寺内'聋肿老僧'，趣甚。无累，译成日常语，即心无挂虑，亦正即《山门》剧中鲁智深唱《寄生草》'赤条条，来去无牵挂'也。"想必这个"既聋且昏"的老僧，并非仅仅是一个既聋且昏的老僧，乃是一个悬崖撒手、了却尘念、无所挂碍、打通智慧脉门的老僧，红尘如露亦如电，如梦幻如泡影。甲戌本《红楼梦》此处有脂砚斋的批语："毕竟雨村还是俗眼，只能识得阿凤宝玉黛玉等未觉之先，却不识得既证之后。"看来这个老僧是曹雪芹对红楼人物觉悟归宿的一种想象。往事如云烟，最终是万境归空，落了个白茫茫大地真干净，绚烂之极归于平淡。《红楼梦》爱用回环叙事，前文中的伏笔、诗词判词、对联谜语等往往暗示后半部的情节，暗藏红楼人物的结局，与小说成为一体的脂砚斋批语也往往是对后半部的提示索引。

智通寺的老僧鲜有人论及，参与曹雪芹创作并看过《红楼梦》后半部的脂砚斋提示，他可能是最后悬崖撒手悟证之后的贾宝玉！张爱玲将《红楼梦》未完与海棠无香、鲥鱼有刺并举为人生三大遗憾，其实，我们读《红楼梦》越久就越会发现，《红楼梦》残缺未完的后半部分就埋伏在前八十回中，林黛玉的《秋窗风雨夕》怎知不是宝黛分离后的思念之作？山林野地破落寺中煮糙米饭的老僧焉知不是撒手出家后的宝玉，又何尝不是晚年寄住僧房回首红尘的曹雪芹！

破寺老僧煮粥煎茗这个意境非曹雪芹独创，是古典文化尤其禅宗文化盛行之后，参禅悟道的文人对自身归宿的一种诗意化想象。典型代表如李商隐的"永忆江湖归白发，欲回天地入扁舟"，慷慨用世做一番挽回天地的大事业后繁华之至趋于平静，乘一叶扁舟归隐江湖。精通佛学的苏轼在《答参寥》中也提到破寺老僧："某到贬所半年，凡百粗遣，更不能细说。大略只似灵隐、天竺和尚退院后，却住在一个小村院子，折足铛中，罨糙米饭吃，便过一生也得。"被贬处州，意志挫伤欲图学佛自遣的秦观在《处州水南庵》中也有如此构想："此身分付一蒲团，静对萧萧玉数竿。偶为老僧煎茗粥，自携修绠汲清宽。"

曹雪芹的好友敦敏在写给曹雪芹的诗《赠芹圃》中，记叙了曹雪芹常常"寻诗人去留僧舍"。萧萧古寺之中，月挂疏桐之夜，寓寄僧房，寻诗题壁，回首往事，曹雪芹是否也感慨人生无常、繁华如梦、世事如烟呢？可否记得苏轼那首怀念古寺诗壁、慨叹人生无常的名篇？"人生到处知何似？应似飞鸿踏雪泥。泥上偶然留指爪，鸿飞那复计东西。老僧已死成新塔，坏壁无由见旧题。往日崎岖还记否，路人长困蹇驴嘶。"可否记得苏轼笔下的诗意老僧意象？"某到贬所半年，凡百粗遣，更不能细说。大略只似灵隐、天竺和尚退院后，却住一个小村院子，折足铛中，罨糙米饭吃，便过一生也得。"破寺老僧煎粥茗这一意象，被曹雪芹具体化在《红楼梦》的叙事之中，是《红楼梦》诗化小说之一端。

贾府主要人物与日常管理

一

不同于以往的古典小说，《红楼梦》是带有作者曹雪芹自传性质的，根据作者亲身经历而撰写的小说。作者曹雪芹创作《红楼梦》时，有意描绘几个"或情或痴，或小才微善"的异样女子，创作一段悲欢离合、炎凉世态的人生故事，"叙闺中之事切，涉于外事则简"。由于这样的创作内容的选择，《红楼梦》的内容主要是以贾宝玉居住的贾府为叙事背景。因此，对贾府的了解对阅读《红楼梦》十分必要。

世家大族贾家是古代中国大家庭的典型，透过它我们可以具体而微地了解中国文化。有学者反复强调《红楼梦》是文化小说，家族文化就是其重要部分。

贾氏家族的由来，据第二回贾雨村所说："自东汉贾复以来，支派繁盛，各省皆有。"这是贾雨村拉大旗做虎皮，有意攀附。《红楼梦》中的贾府由宁国公贾演、荣国公贾源兄弟二人开创，以军功起家，武荫后世。自朝廷定鼎以来，贾家功名奕世，富贵流传，已历经百年，共有五代人，大概是曹雪芹取自"君子之泽，五世而斩"，意思是富贵不过五代。贾家宗祠上面悬一块九龙金匾，写的是"星辉辅弼"，乃先皇御笔，两边一副对联："勋业有光昭日月，功名无间及儿孙。"也是御笔，可见贾府的显赫地位。第七回老仆人焦大喝醉了又大骂，尤氏叹道："……只因他从小儿跟着太爷们出过三四回兵，从死人堆里把太爷背了出来，得了命；自己挨着饿，却偷了东西来给主子吃；两日没得水，得了半碗水给主子喝，他自己喝马溺。"可见创业艰难，九死一生。

皇帝为宁国公、荣国公建造的府邸在京城一条东西向的街上，这条街被称为宁荣街。宁国府在东边，正门之上的匾上大书"敕造宁国府"；西边是荣国府。第一代创业者中宁国公贾演居长，贾氏宗祠在宁国府西边另一个院子，贾氏家族族长也是宁国府这一支，即贾珍。整个贾氏家族支派众多，在"护官符"下面，脂砚斋加上了如下说明："宁国、荣国二公之后，共二十房分，除宁荣亲派八房在都外，现原籍住者十二房。"除了时常渲染贾家祖籍在金陵外，贾家的旁支别系着墨不多。宁国府二代，书中写宁国公有四个儿子，长子贾代化袭了官，第三代贾代化有两个儿子，长子贾敷早夭，次子贾敬袭了官，贾敬中过进士，后来一心好道，想做神仙，把爵位让给儿子贾珍，自己到城外和道士们"胡羼"，爵位到贾珍为三品爵威烈将军，贾珍有个十六岁的儿子贾蓉，本来是个监生（可能是捐的），后来妻子秦可卿去世为了办丧事风光些花一千五百两银子捐了个御前龙禁卫的头衔。从宁国府的世系可以看出名字的规律，第一代名字偏旁是三点水，第二代名字中间有一个"代"字，第三代是反文旁，第四代是玉字旁（简写称作"王字旁"），第五代是草字头。我们从命名规律可以识别小说中的世系与辈分，比如贾家私塾管理者贾代儒和孙子贾瑞，再如贾家旁支贾芸虽然已经十八岁，但因为辈分关系赶着贾宝玉叫父亲。荣国府的荣国公贾源去世后贾代善袭了官，第三代长子贾赦袭了爵，是一等将军，次子贾政喜好读书，本来要走科举之路，只因皇帝垂念贾家的功勋，在贾代善去世后，赐了他工部主事的职衔，后来升了工部员外郎。值得一提的是，除了第二代贾代化做过京营节度使、第三代贾政做过工部员外郎之外，其他人都是因袭爵位，没做过职事官。再有就是捐官，如贾琏捐的是同知头衔。贾代善的妻子是金陵世家史家的小姐，就是贾母，是宁荣二府年龄最大辈分最高者，是最高权威，被称为老祖宗。贾赦有两个儿子，一个是贾琏，是荣国府的管理者，另一个儿子贾琮小说中只出现两三次。贾政大儿子贾珠早逝，留有一个儿子贾兰；二儿子贾宝玉是小说的主人公，三儿子贾环是妾生庶子。《红楼梦》中的故事除了第二代的贾母，主要发生在第三代反文旁人物和第四代玉字旁人物之间，第五代人物贾蓉、贾兰以及家族旁支子孙贾蔷、贾芸、贾芹等也有部分情节。

　　《红楼梦》里的女性，辈分最高、年龄最长的当然是贾母，比贾敬还高一辈，贾母身边一个最重要的丫鬟是鸳鸯，负责贾母的日常生活和财务管理。宁国府贾敬修道去了，作品对他的妻子没有记载，可能已去世，只有一个女儿惜春，年龄较小，信奉佛教，时刻念着出家，性格孤介，被称为冷心冷面，擅长绘画，养在荣国府。贾珍的原妻即贾蓉的母亲已经去世，现任妻子是尤氏，为人善良能体贴他人。贾蓉妻子是工部营缮郎秦邦业的养女秦可卿，第十三回去世。荣国府这边，大房贾赦的原配即贾琏的生母业已去世，现任邢夫人，是续弦，无儿无女，邢夫人不是名门大族出身，"秉性愚强，只知奉承贾赦为自保，次则贪取财货为自得"，和贾赦一样为贾母所不喜。贾赦妾生庶出女儿是迎春，性格懦弱，被称为二木头。贾琏的妻子王熙凤是除贾宝玉外的另一个主人公，来自护官符四大家族的王家，王夫人的内侄女，是荣国府的管理者。王熙凤的丫鬟平儿，为人公平有德，被称为平姑娘。贾政妻子是王熙凤的姑母王夫人，家世显赫，是荣国府的实权管理者，喜好烧香拜佛，一切事务授权给内侄女王熙凤管理。王夫人的女儿元春，早年以贤孝才德选进宫做女史，后来封为贤德妃。王夫人的贴身丫鬟为金钏、玉钏、彩云、彩霞。贾政的大儿媳妇李纨，父亲是国子监祭酒，尚德不尚才，李纨虽生繁华锦绣地，却心如槁木死灰，唯知侍亲养子，陪小姑们针线诵读。贾政有妾赵姨娘，地位低下见识浅薄，生育一男一女，儿子贾环为人猥琐下流；女儿探春，性格则与贾环天壤之别，被评为

"才自清明志自高"，曾雷厉风行对贾府进行改革。贾府的四个女孩，按年龄为元春、迎春、探春、惜春，谐音"原应叹息"，虽性格遭遇不同，都是应该感叹的悲剧人生。她们分别具有琴棋书画的才能，她们的大丫鬟也按照才能命名，分别为抱琴、司棋、侍书、入画。

《红楼梦》里三个比较出彩的女性人物，都与贾府有亲戚关系。林黛玉，是贾母的外孙女，贾宝玉的姑表妹，母亲贾敏早逝，丫鬟是扬州带来的雪雁和贾母赐给的紫鹃；薛宝钗，来自四大家族的薛家，是贾宝玉的姨表姐，母亲薛姨妈是王夫人的妹妹，丫鬟是金莺儿；史湘云是贾母娘家的侄孙女，从小父母双亡，在叔父史鼎府中生活，丫鬟是翠缕。贾宝玉的这三个表姐妹，林黛玉家最先衰落，林家祖上也曾封侯，父亲林如海中过探花，官至兰台寺大夫，又被皇帝钦点为扬州巡盐御史，可惜支庶不盛，仅有的一子在三岁时去世了。母亲贾敏去世后，黛玉被送去京城外祖母家，不久父亲林如海病逝，没有父母兄弟做主，是黛玉的心病。其次是薛宝钗家，自幼丧父，哥哥薛蟠因为母亲溺爱，肆意妄为以致杀人，虽然是皇商，不过依赖祖父旧日情分，户部挂虚名支领钱粮，事务由旧日仆人措办。薛宝钗母亲王氏来自金陵王家，哥哥是经营节度使后升任九省统制的王子腾（四大家族中王家是最有势力的一族），又与荣国府王夫人是姐妹，一则因为送薛宝钗到京城待选秀女，二则京城几处生意需要整顿，三为探望亲属，彼此照应，于是来到京城，住进荣国府梨香院。

另一个女性人物的聚集处是贾宝玉的怡红院，有贾母赐给的珍珠，因为姓花，后根据陆游诗句"花气袭人知骤暖"，被贾宝玉改名袭人。另一个是贾母赐给的晴雯。袭人世故体贴有薛宝钗的影子，晴雯风流灵巧是林黛玉第二。贾宝玉的丫鬟还有麝月、秋纹、檀云、碧浪、红玉、坠儿、四儿等。

《红楼梦》中人物众多，以上是贾府的主要人物。

二

贾府的最高权威是辈分最高的贾母，但贾母并不参与日常管理。宁国府的管理者是主人贾珍和女主人尤氏，另外宁国府是长房，贾珍是贾氏家族的族长，贾氏宗祠就在宁国府，因此宗族祭祀和族人管理都归于他，如第五十三回写"宁国府除夕祭宗祠"，贾珍把乌进孝带来的年货分为四类，第一类留下供奉祖宗，第二类让贾蓉送给荣国府，第三类留着宁国府用，第四类分出等级堆在宗祠的月台上，命人将族中的子侄唤来散给他们，并以族长身份批评教育前来领年货的贾芹。

《红楼梦》的故事中心在荣国府，世家大族出身的曹雪芹对大家族的管理比较熟稔，乾隆时期的阅读者与曹雪芹有共同的时代背景，对于大家族管理体系也都熟悉，所以书中并未单独介绍。但是时代转换，现在生活形态与曹雪芹所处的时代迥然有别，读者对当时的生活茫然无知。梳理书中的一些情节，借鉴专家的研究，我们可以知道荣国府日常管理的机构与情况，以资阅读。

首先荣国府贾母之下有两房，贾赦与贾政。大儿子贾赦，世袭了荣国府的爵位，但并未在荣国府的正房居住，而是从荣国府花园隔断出来的单独院落。林黛玉进荣国府之后要拜见大舅贾赦，行程是出了荣国府西角门，过了荣国府正门往东才到贾赦院落。从一些文本线索推测，贾赦可能是庶出。除了元妃省亲修建大观园等重大事情外，贾赦基本没有直接参与荣国府管理。贾赦的妻子邢夫人是续弦，家世不如王夫人显赫，也没有参与荣国府管理。贾赦夫妻二人半独立于荣国府。

在荣国府正堂居住的是贾政和王夫人，荣国府的实际掌管者也是贾政和王夫人。贾政忙着读书做官，素性潇洒，不以俗务为要，王夫人吃斋念佛，又要忙于对外应酬，把荣国府事务托管给了贾琏、王熙凤夫妇二人。贾琏是贾赦的儿子，王熙凤是王夫人的内侄女，如此设置也是大房二房在管理权上的平衡。简言之，贾母是荣国府最高权威象征，贾政、王夫人是实际掌权者，贾琏、王熙凤是受委托的经理人。那么，荣国府上上下下三四百人是如何管理运营的呢？小说中多次提到"总管房"，又称为官中，大到建筑大观园，小到怡红院请大夫都要通过"总管房"。荣国府的大管家是赖大，总管荣国府事务。第三十三回，贾政听说府里有丫头投井死了，非常生气地说："大约我近年于家务疏懒，自然执事人操克夺之权，致使生出这暴殄轻生的祸患。若外人知道，祖宗颜面何在！"喝令快叫贾琏、赖大、兴儿。赖大几代人都在荣国府做事，地位较高，贾宝玉见了他都要下马见礼。赖大的母亲赖嬷嬷在荣国府地位也非常高，连王熙凤都要尊敬有加。赖大家颇为富裕，被贾母称为地位虽低钱比一般主子都多的财主，有座府院花园，儿子花钱买了个县令。其次是林之孝，小说中出现较多，主管荣国府的账房，兼管荣国府的房田事务。贾琏因为鲍二媳妇之死花了二百两银子，并未自己出钱，而是让林之孝把这笔钱"入在流年账上，分别添补开销过去"。荣国府的另外两个管家是吴新登和单大良，吴新登是银库房总领，脂砚斋批语指出吴新登谐音"无星戥"；单大良出现次数较少，通过名字谐音推测可能是负责买办的头目。

荣国府以二门为界限分外府内围，内围是家眷居所。根据男主外女主内的传统，贾琏和四位管家负责荣国府事务管理，但因为是男性，不入内围。内围是由王熙凤带领四大管家的媳妇管理，分别是赖大家的、林之孝家的、吴新登家的和单大良家的，并称四大管家娘子。这里面林之孝媳妇情节最多，负责荣国府巡察和奴仆裁员，总负责大观园事务，在王熙凤、平儿之下，对贾宝玉也能监督批评。赖大家已是可以与荣国府小小攀比一番的富裕之家，赖大娘子只是挂名，并未直接参与贾府管理。王熙凤说"赖大家的如今事多"，小说中也不怎么出现。吴新登家的被称为吴大娘，跟随其丈夫管理银库房，负责银钱收支，探春管家时在银钱支出定例方面有意刁难。单大良家的被称为单大娘，前八十回没有什么情节，只是和另外三个管家媳妇一块儿出现，可见地位相等。

　　小说中还有两个女性仆人：周瑞家的和王善保家的，属于贾府外戚序列。周瑞家的是王夫人的陪房，周瑞负责春秋两季的地租，周瑞家的负责太太奶奶们外出事务。贾府去清虚观祈福，对丫鬟们管束的就是周瑞家的。她出场较早，女婿冷子兴是演说荣国府的古董商贩。刘姥姥作为王夫人的联宗亲戚在拜访王夫人之前先找周瑞家的引荐。王善保家的出现较晚，是大房邢夫人的陪房，也是迎春丫鬟司棋的姥姥，出身于势力小户，抄捡大观园就是由她进言倡导的。从这个人物可以看出，在荣国府，除赵姨娘、贾环主导的嫡庶之争外，还有在仆人间引发的大房二房之争。

<h2 style="text-align:center">三</h2>

　　《红楼梦》的前半部多描绘贾府鲜花着锦般的盛世繁华，宁国府的秦可卿葬礼和荣国府的元妃省亲是贾府家世显盛的两大高潮。五十四回以后，小说的视角下移到贾家的下层奴仆，聚焦在贾家的衰败气象。虽然《红楼梦》原稿到八十回就截止了，但我们也能通过后半部看到贾家日常管理中出现的典型问题以及不得不然的盛极而衰光景。

　　除了家族地位的延续危机、子女教育问题，管理权中的大房二房之争、嫡庶之争，贾府眼前最危急的是经济问题。早在第二回"贾夫人仙逝扬州城　冷子兴演说荣国府"中，曹雪芹就借旁观者冷子兴的话，勾画出了贾府的衰败。"百足之虫，死而不僵"，现在不比先年兴盛，但是日用排场费用不能将就节省，外面的架子虽未甚倒，内囊却也尽上来了。家族权势、经济收入皆不如从前，可是排场花费仍旧按照过去的形式，必定坐吃山空，这是世家大族的普遍状况。第五十五回，当家人王熙凤和平儿的对话道出了贾家状况："家里出去的多，进来的少。凡百大小事仍是照着老祖宗手里的规矩，却一年进的产业又不及先时。多省俭了，外人又笑话，老太太、太太也受委屈，家下人也抱怨刻薄。若不趁早儿料理省俭之计，再几年就都赔尽了。"连每天诗情画意的林黛玉也对贾宝玉感叹："咱们家里也太花费了。我虽不管事，心里每常闲了，替你们一算计，出的多进的少，如今若不省俭，必致后手不接。"内囊倾尽，后手不接，是荣国府衰落的必然原因。

贾府的男丁，只有贾政是现任职事官，其他不是因袭爵位，就是仅有头衔的捐官。贾府的首要收入来自地租房租。第五十三回，黑山村庄头乌进孝给宁国府送年底货物以及一年地租，荣国府的八九个庄子比宁国府大几倍，正常情况下宁国府的地租收入是贾珍算的五千两，荣国府的地租收入应该是五千两的倍数，可是由于天灾原因，荣国府这年的地租却不足八千两。

第二项收入是皇帝与元妃的赏赐。贾府原来居住在金陵，后来皇帝在京城给他们祖上"敕造"了府邸。而皇帝的赏赐多是礼节性的东西，纵使赏赐金银，也不过一百两金、一千两银子。再有就是元妃在节日和贾母寿辰时赏赐的礼品，年底祭祀宗祠时朝廷赏赐不多的春祭银两。

　　第三项收入是贾府与世家大族的礼尚往来。如第十六回为了修造大观园，派贾蔷去姑苏采买唱戏的女孩子，置办乐器行头等物品，贾琏询问费用的筹措挪动时提到费用不必从京中带下去，江南甄家还收着荣国府五万两银子，先支三万两用作小戏班的筹备，剩下两万两等采办花烛彩灯时再用。从小说文本叙事中，我们常常见到各种节日或者婚丧嫁娶，荣国府尤其是王夫人与其他各大家族的礼尚往来，所送之物或礼品或银两。最典型的是贾母过寿，各大家族都有礼品往来，有的登记入库，有的贾母留作自用。

　　概言之，荣国府因为世袭爵位逐渐降低，现有子孙贪于享乐、不思进取，地租等收入不稳定等原因，进项比先前少；荣国府日常支出和派头不能因时制宜，仍按照先前繁盛时期的旧例支出，支出比较多。如此进项少出项多，逐渐内耗，即便没有曹雪芹暗示的"虎兕相逢"的政治变动被抄家灭亡，也会因为经济崩溃、家族内部斗争而家亡人散各奔腾。

马云与茄鲞

马云联合诸多功夫明星如李连杰、甄子丹等合拍了一部电影《功守道》，各路明星众星捧月般与马云对打，大有花丛中一片叶之嫌。网络评论最有意思的是用一道菜比喻——"茄鲞"。这是刘姥姥二进大观园时的一道菜：

凤姐儿听说，依言撮些茄鲞送入刘姥姥口中，因笑道："你们天天吃茄子，也尝尝我们的茄子弄的可口不可口。"刘姥姥笑道："别哄我了，茄子跑出这个味儿来了，我们也不用种粮食，只种茄子了。"众人笑道："真是茄子，我们再不哄你。"刘姥姥诧异道："真是茄子？我白吃了半日。姑奶奶再喂我些，这一口细嚼嚼。"凤姐儿果又撮了些放入口内。

刘姥姥细嚼了半日，笑道："虽有一点茄子香，只是还不像是茄子。告诉我是个什么法子弄的，我也弄着吃去。"凤姐儿笑道："这也不难。你把才下来的茄子把皮蝈了，只要净肉，切成碎钉子，用鸡油炸了，再用鸡脯子肉并香菌、新笋、蘑菇、五香腐干、各色干果子，俱切成钉子，拿鸡汤煨了，将香油一收，外加糟油一拌，盛在瓷罐子里封严，要吃时拿出来，用炒的鸡瓜一拌就是。"刘姥姥听了，摇头吐舌说道："我的佛祖！倒得十来只鸡来配他，怪道这个味儿！"

常吃茄子的村妇刘姥姥被贾府的茄子菜肴震惊了，不敢相信所吃是茄子。虽名"茄鲞"，实质是用茄子吸收肉丁、菌菇、干果等的味道做成。在《功守道》这道菜中马云就是那茄子，各路功夫明星和各种眼花缭乱的打法才是这道菜的关键。

"茄鲞"是道什么样的菜呢？在周汝昌校订的《石头记》里直接写成"茄胙"："茄胙，乃以鸡汁等腌藏特制的茄子菜肴，或作'茄鲞'，亦是借字，音近义类，故在小说中记口语俗称亦不为误。"启功在程乙本里注释为："鲞，剖开的晾干的鱼，也泛指成片的腌腊食品，茄鲞，腌腊茄子。"

鲞，本义是干腊的鱼干。旧时保存食物比较困难，为了使食物保存长久，发明了腌、腊、糟、熏、醉、风干、酸、臭等办法，做成各式各样的干菜和陈菜，形成别具地域特色的民间风味。鲞，就是腊鱼。一次，吴王阖闾带兵出海，遇上风浪，粮食断绝，便向大海祈祷，忽见金色鱼群游过来，吴军捕鱼为食。还师回朝会见群臣，怀念当时吃的鱼，左右回报当时

的鱼都晒干了。烹饪而吃，味道更加美好，因此便在"美"字下面加上一个"鱼"，就形成了"鲞"字。（出自唐代《吴地论》）

茄鲞中的"鲞"指的应该就是干腊这种炮制方法。凤姐所说"用鸡油炸了……拿鸡汤煨了，将香油一收，外加糟油一拌，盛在瓷罐子里封严，要吃时拿出来"，即先去水分，后杂以鸡肉、香菌、笋干等储存，是一种陈菜。

清代笔记中也有这样的故事，康熙皇帝南巡时，赏赐大臣御宴。御宴中有豆腐一菜，为大臣惊诧，是大臣从未品尝过的。康熙特发慈悲，准许大臣的厨子向御厨学习这道菜，将此一味豆腐传授给大臣，让大臣后半世享用。后来大臣用"御赐豆腐"宴请宾客，宾客们不敢相信这是豆腐。

可纳芹意否

——曹雪芹名字解析

《红楼梦》第一回说中秋佳节，甄士隐念及葫芦庙中困顿书生贾雨村，特意去邀请贾雨村，正赶上贾雨村愤懑僧房，吟咏诗歌联句明志。甄士隐非常击赏，道明来意："今夜中秋，俗谓'团圆之节'，想尊兄旅寄僧房，不无寂寥之感，故特具小酌，邀兄到敝斋一饮，不知可纳芹意否？"

这里"芹意"二字，用了一个典故，出自《列子·杨朱篇》："昔人有美戎菽，甘枲茎、芹萍子者，对乡豪称之，乡豪取而尝之。蛰于口，惨于腹。众哂而怨之。""芹意""献芹"多指奉送的不是有多大价值的东西，多是客套话，谦称自己的意见或礼物。南宋词人辛弃疾有《美芹十献》，当代学者周汝昌、陈思和分别把自己的书命名为《献芹集》《献芹录》。

《红楼梦》第十七回，贾宝玉给大观园诸景题对额，为稻香村题的对联是：

新涨绿添浣葛处，

好云香护采芹人。

对联中"采芹人"引用的是《诗经·鲁颂·泮水》："思乐泮水，薄采其芹。"写一群少年在泮水边采摘野芹的情景。因泮水就是当时的学宫泮宫之水，古代把考中秀才入学宫称为"入泮"或"采芹"。后来采芹人多指读书考学者。稻香村的这幅对联非常贴切，上联用《诗经·周南·葛覃》中"浣葛"的典故赞美李纨的妇德，下联借"采芹"的典故寄托贾兰高中。

我为何对《红楼梦》中的"芹"字这么留意，是因为曹雪芹的名字中也带有"芹"字，我们又可懂得"芹意"？

曹雪芹，名霑，字芹圃、芹溪、梦阮、雪芹。根据周汝昌《曹雪芹传》考索，曹雪芹取名"霑"，是依据《诗经·小雅·信南山》中的"既优既渥，既沾既足"。而取字"芹溪""芹圃"，则来自一个诗礼之家对孩子的期盼，寄托着对其读书成才的愿望。贾政殷切期望贾宝玉能够在读书上用功，科举做官延续家业。曹雪芹对此也应该是深有感怀，"实愧则有馀，悔又无益之大无可如何之日也！当此，则自欲将已往所赖天恩祖德，锦衣纨袴之时，饫甘餍肥之日，背父兄教育之恩，负师友规训之德，以至今日一技无成、半生潦倒之罪，编述一集，以告天下人……"。这并不是反语和套话，而是实实在在道出了作者背离父母长辈期望的愧疚。

取字"梦阮",是对晋代文学家阮籍的致意,曹雪芹的好友敦诚在诗中屡屡用阮籍来比附曹雪芹。

至于取字"雪芹",周汝昌在《红楼梦新证》中认为来自苏辙《同外孙文九新春五绝句》中的"园父初挑雪底芹"和范成大《晚春田园杂兴》中的"玉雪芹芽拔薤长"。

周策纵在给《曹雪芹传》作序时对此有细致的分析和推绎,他认为"雪芹"二字来自苏轼《东坡八首》的第三首:"泥芹有宿根,一寸嗟独在。雪芽何时动,春鸠行可脍。"

元丰二年(1079年),苏轼因乌台诗案被贬黄州,生活拮据,申请了一块荒地,命名为"东坡",耕耘其中,并写诗八首。其中第三首诗写的是,耕耘田垄时,天气干旱,泉水枯竭,草木萍草粘在泥土上,忽然"昨夜南山云,雨到一犁外"。忽然一夜雨来,本是可喜,但来到荒地一看,野草丛蔚。侥幸的是泥巴里还留下一些芹菜的旧根,只一寸来长。希望这旧根耐过冰雪严寒,等春天一到,又重发生机,长出芹芽,就可以做芹芽鸠肉脍了。诗句初看描绘的是自然景象,但如果了解苏轼这些年的生活经历,就会明白,诗的深处实有无限的人生与社会意味。诗下苏轼自注:"蜀人贵芹芽脍,杂鸠肉为之。"芹是苏轼故乡的植物,蜀地菜肴,也成为苏轼自喻之物,耐过干旱严寒,寸芽可长,是经历人生劫难后的欣喜与感怀。

对曹雪芹祖父、诗人曹寅,《四库提要》评价:"其诗出入于白居易、苏轼之间。"曹寅本人很喜欢苏轼的诗,曹雪芹取字"雪芹"很可能来自苏轼的这首诗。同样以雪地泥芹作比，只是曹家的劫难比苏轼的劫难更大更真实，曹雪芹的劫后余生之感也更深。

轻颦双黛螺

　　在书法展上见到一幅字：渡口远山颦翠黛，天边新月挂琼钩。读前一句不禁浮现了"野渡无人舟自横"的宁静画面，又添加了如黛的远山。山是眉峰聚，水是眼波横，自然山水与浓情的眉黛相契合，真是清丽脱俗又不失人间气息。

　　中国古代美人装饰最讲究双眉，可谓竞美斗妍，屈子《离骚》中就有"众女嫉余之蛾眉兮"的诗句，唐代骆宾王《代李敬业传檄天下文》中也有"入门见嫉，蛾眉不肯让人"的句子，粉黛成为美丽女子的代词。用黛石画眉大概早就有了，《玉台新咏集序》中有"南都石黛，最发双蛾"句，陶渊明《闲情赋》中也言"愿在眉而为黛"，连隐逸的靖节先生都羡慕了，可见当时人们对黛石的喜爱程度。后来人们把黛石打磨成螺形，以便螺尖更能精描细画，所以又叫螺子黛或螺黛。《隋遗录》载："殿脚女争效为长蛾眉，司宫吏日给螺子黛五斛，号为蛾绿。"女子对镜画眉时，需要轻颦眉头，唐代赵鸾鸾《柳眉》十分贴切地写出此情景："弯弯柳叶愁边戏，湛湛菱花照处频。妩媚不烦螺子黛，春山画出自精神。"颦蹙之间流动着自珍，显现着特有的风韵。

五代和北宋此风更是流行，李煜《长相思》说："云一锅，玉一梭，淡淡衫儿薄薄罗，轻颦双黛螺。"写得十分清新明快。欧阳修《阮郎归》说："浅螺黛，淡胭脂，闲妆取次宜。"浅浅的眉黛，胭脂素抹，一位闲装女子款款欲出。诸如"春山敛黛低歌扇"之类，宋词中还有很多，就不再赘述了。

可谓是盛极必衰，北宋风靡的黛石，南宋日渐淡褪。南宋宗室赵彦卫《云麓漫钞》中说："前代妇女以黛画眉，故见于诗词皆云'眉黛远山'。今人不用黛而用墨。"好在时尚有时循环，如魏晋女装崇尚严谨，至隋唐而宋，又崇尚开放，到元明严谨又为时所尚了。金代黛石又在宫中流行起来，明代《长安客话》中载："宛平县西堂村产石，黑色而不坚，磨之如墨。金时宫人多以画眉，名曰画眉石，亦曰黛石。"黛石又成为女子妆台上喜见的物品了。

"黛"字再往下写，自然会想起林黛玉的一双似蹙非蹙的罥烟眉。西子病时捧心而蹙，惹得人们竞相模仿，黛玉却比西子还要胜三分。曹雪芹把绛珠仙子的一生情愁都写在了眉头上，黛玉入世是为了还泪，她栖居潇湘馆号潇湘妃子，用的不就是潇湘二妃泪殇的故事吗？至于黛玉二字何解，清代周春《阅红楼梦随笔》中有论述："黛玉二字，未详其义，或云即碧玉之别，盖取偷嫁汝南之意，恐未必然。案香山咏新柳云'须教碧玉羞眉黛，莫于红桃作曲尘'。此黛玉两字所本也。"

周春此说"恐未必然",若只从古诗词上找,晏几道《西江月》中有"愁黛颦颦成月浅,啼妆印的花残",且黛玉又有"颦颦"之字,岂不更恰。

曹寅《眉峰碧曰》:"感得郎先爱,谁假些儿黛?凭你秋来那些山,不敢向、奁前赛。扫尽从前派,秀色真难改。喜浅愁深便得知,天教压在秋波外。"《红楼梦》中的诗词有许多化用《楝亭集》的地方,林黛玉的黛眉或许就是受此影响。

不只如此,黛玉之名,也与曹雪芹人生后期居住的西山风物有关,宛平县西堂村就在西山附近。清代刘侗《帝京景物略》中载:"西堂村而北曰画眉山,产石墨色,浮质而腻理,入金宫为眉石,亦曰黛石也。"雪芹生平常游的画眉山也给予他不小的影响。

清后期的女词人顾太清(别号云槎外史,著有《红楼梦影》)曾随夫游西山,寻访黛石,有诗云:"城西百里多名胜,知乐无过山水间。指点黑龙潭对面,一痕蛾绿画眉山。"词人丧夫后,面对妆台的黛石,抑或会勾起不尽的回忆和感伤。

黛螺轻颦,那是怎样的情境?

林黛玉名字的由来,有丰富的文化背景与现实生活,是曹雪芹匠心独运、用心构思的结果。

树倒猢狲散

　　《红楼梦》第二十二回，贾母制了一个灯谜："猴子身轻站树梢。——打一果名。"站在树梢不就是"立枝（荔枝）"吗？贾政当即就明了谜底，可为了讨贾母开心，故意乱猜，罚了许多东西。脂砚斋评论道："的是贾母之谜。"为什么的确是符合贾母身份阅历的谜语呢？

　　谜语"猴子身轻站树梢"和俗语"树倒猢狲散"有关。"树倒猢狲散"出自庞元英的《谈薮》，南宋时期曹咏依靠丞相秦桧这棵大树做了大官，春风得意，奉承攀附的人很多，只有妻兄厉德斯不予理睬，无论曹咏对其软硬兼施。后来秦桧这棵大树倒了，曹咏失势，许多攀附的人都风流云散，此时厉德斯遣人送来一篇《树倒猢狲散赋》。

　　这个典故在《红楼梦》和曹雪芹家史上有着更私人的意义。在《红楼梦》文本中，"树倒猢狲散"不是像灯谜那样作为隐喻联想显现，而是完整出现在第十三回，秦可卿临终前提醒王熙凤："如今我们家赫赫扬扬，已将百载，一日倘或乐极悲生，若应了那句'树倒猢狲散'的俗语，岂不虚称了一世的诗书旧族了！"这段文字旁，脂砚斋做了十分深情的告白："'树倒猢狲散'之语，余犹在耳，屈指三十五年矣。伤哉。伤哉。宁不恸杀！"脂砚斋的批语作为《红楼梦》的副文本，它似乎是面对写作者曹雪芹和其他批阅者的低语，引向那个煊赫百年繁花似梦的家史。曹雪芹祖父曹寅的一位故友有诗句云："廿年树倒西堂闭。"并自注："曹楝亭公（寅）时拈佛语，对坐客云'树倒猢狲散'。今忆斯言，车轮腹转。"西堂即曹寅的书斋。曹寅时常对府上的文友引述这一典故，至于家人更是常在耳边了。曹家自祖上曹锡远被满人俘虏成为正白旗包衣，到曹寅任江宁织造、两淮盐政等要职，家世达到顶峰，再至1728年曹頫因欠款亏空被撤职，迁居北京，已近百年。这百年曹家史，曹寅是其中的关键人物。曹寅（1658—1712）一生都在康熙一朝，正白旗包衣出身，任职于内务府和江宁织造，并作为皇帝在江南的耳目，也是康熙多次南巡的承办者之一，他个人以及家族的兴盛与康熙这棵大树有着密切的关系。随着皇权传承雍正，曹家失势，应了"树倒猢狲散"这句俗语。

《红楼梦》的反逻辑与不写之写

　　《小说课》辑录了小说家毕飞宇在南京大学等高校课堂上
与学生谈小说的讲稿，用一个优秀小说家的写作实践体会与
文本细读能力，分析了许多经典小说的写作魅力、层次、内部
逻辑。

　　毕飞宇讲解《红楼梦》时提出了"反逻辑"概念，《水浒
传》中林冲的"走"与"不走"等情节依仗着深刻的小说逻
辑，而小说有时候可以是逻辑的，有时候可以是没有逻辑的，
甚至反逻辑的。曹雪芹因为太精通人情世故，太了解人性的
复杂深邃，偏偏不按日常逻辑出牌，写得很虚，"你从具体的
描写对象上反而看不到作者想要表达的真实内容，你要从
'飞白'——也就是没有写到的地方去看""这些飞白构成一
种惊悚的、浩瀚的美，也给我们造成了极大的阅读障碍"。正
是因为这些所谓的"障碍"，让我们在阅读时有不同层次的体
会与解悟，如果我们有足够的想象力、记忆力和阅读才华，就
像毕飞宇说的："我们很快会发现《红楼梦》这本书比我们所

读到的还要厚、还要长、还要深、还要大。可以这样说，有另外的一部《红楼梦》就藏在《红楼梦》这本书里头。另一本《红楼梦》正是用'不写之写'的方式去完成的。另外一本《红楼梦》是由'飞白'构成的，是由'不写'构成的，是将'真事'隐去的，它反逻辑。"

毕飞宇通过把第十一回宁国府贾敬寿宴当作一个精彩的短篇小说解读，仔细分析了宁国府尤氏、贾蓉、秦可卿与王熙凤三组关系的非正常与反逻辑。首先，尤氏与王熙凤，尤氏每次见到王熙凤都要"笑嘲一阵"，甚至指着鼻子说王熙凤"不正经"，源自"和王熙凤暧昧的贾蓉，他不是别人，正是尤氏的儿子，尤氏见到王熙凤哪里能有好脸？尤氏知情"。其次，王熙凤和贾蓉的关系非正常，王熙凤和贾宝玉来探望秦可卿，贾蓉叫："快倒茶来，婶子和二叔在上房还未喝茶呢。"毕飞宇推断："爷爷的生日派对上那么多人，场面如此庞杂，如此混乱，贾蓉却能准确地说出婶子在上房还未喝茶，贾蓉的注意力一刻也没有离开婶子，要不然他说不出这样的话。"最后，重点分析了秦可卿与王熙凤这组"非同一般"的关系。书中通过周瑞家的送宫花与平儿的心理描写，直接说出王熙凤与秦可卿的关系亲密，却又描写王熙凤当着秦可卿的面与贾蓉嬉笑怒骂，肆无忌惮，很有男女之间特殊亲昵的可能。王熙凤探望秦可卿时并未有伤心同情之词以及兔死狐悲的沉痛，反而在王熙凤离开秦可卿的病床后，"曹雪芹突然抽风了，这个小说家一下子发起了癔症，几乎就是神经病。他诗兴大发，浓墨重彩，用极其奢华的语言将园子美好的景致描绘了一通"，王熙凤一步步行来大加赞赏。这系列反逻辑的描写凸显了王熙凤的可怕，一个是面对着秦可卿的王熙凤，一个是背对着秦可卿的王熙凤。

毕飞宇的分析细致入微，洞见幽深。美中不足是只局限于文本本身，对《红楼梦》的成书背景了解不足，解读深刻之外略显隔阂。

《红楼梦》中关于宁国府的描写，多关风月，如果荣国府与大观园多是"情"的演绎，那么宁国府以及贾赦别院则多牵涉风月故事与家族"芜秽"，如贾珍与秦可卿天香楼情节、贾瑞被毒设相思局情节，还有尤二姐、尤三姐的故事等，这些情节与《红楼梦》故事本身没有太大关系，似乎可以直接脱离《红楼梦》独自成书。甲戌本第一回眉批有这样两句话："雪芹旧有《风月宝鉴》之书，乃其弟棠村序也。今棠村已逝，余睹新怀旧，故仍因之。"可以推测在曹雪芹写作《红楼梦》之前是有一部著作《风月宝鉴》的，不论把它当作《红楼梦》的初稿，还是认为它作为另一本书只是部分情节纳进了《红楼梦》，单从书名就可以看出这是一本描写风月之情的警世作品，它构成《红楼梦》的一个警世主题。宁国府相关风月故事大概可以作为《风月宝鉴》故事的参入。俞平伯认为："就成书的经过说，先有《风月宝鉴》而后有《金陵十二钗》，王熙凤当然是《风月宝鉴》的主要人物之一；她的事连着贾瑞，贾瑞的手中明明拿着一面刻着'风月宝鉴'四字的镜子。"《红楼梦》文本并不是一个有机的统一体，可以做有机论解读，它在成书过程中有很多参入、错漏、删节与未完成。借鉴毕飞宇"反逻辑""不写之写"的解读方法，有助于我们阅读出这个故事的另一面。

在宁国府的关系结构中，第一组关系：贾珍—尤氏—秦可卿：公公—婆婆—儿媳。大量笔墨渲染的是贾珍与秦可卿的非正常关系，尤氏是隐藏的。第二组关系：贾蓉—秦可卿—王熙凤—尤氏：丈夫—妻子—婶婶—婆婆。明写的是秦可卿与王熙凤关系亲密或非同一般，贾蓉与秦可卿的夫妻关系则处于黑洞，处于不写之写的状态，贾蓉与王熙凤经过前后文的暗示则是暧昧不明隐隐约约的状态。至于尤氏和王熙凤的关系，在《红楼梦》中既插科打诨式地明白写出，又反常费解。这两组人物明晰的伦理关系背后隐藏着更复杂错综的纠葛。

回到毕飞宇的解读方法，反逻辑、飞白与不写之写的提出，给予解读宁国府更好的切口。

第一，尤氏与王熙凤的关系非正常，每次见面都要对王熙凤笑嘲一阵，除了毕飞宇分析的尤氏明了王熙凤与贾蓉的关系原因之外，还与尤氏的地位和性格有关。虽然尤氏是宁国府的女主人，但是贾珍的续弦，亦非贾蓉生母，娘家乃普通的小市民，通过她的母亲尤姥姥就可看出，她在宁国府做不了主，管不了贾珍与贾蓉，甚至只能无奈纵容他们。比起王熙凤有强大的娘家背景，和雷厉风行的控制手段，自然差了一大截。性格方面，王熙凤管理荣国府，权威并重，严苛奖罚，雷厉风行，利用手中权力克扣银两、放贷等，满足自己的私欲。第十四回写王熙凤协理宁国府办理秦可卿的丧事，只听她对来升媳妇道："我可比不得你们奶奶好性儿，由着你们去。"可见尤氏性格好，待下人比较宽容。这里尤氏与王熙凤就构成了二人的颉颃竞争，王熙凤看不上尤氏地位低、能力弱、性格好，尤氏看不上王熙凤爱逞能、严苛、私欲重。因为地位相仿，所以尤氏能和王熙凤开玩笑；因为其他差异，尤氏对王熙凤冷嘲热讽。如第四十三回"闲取乐偶攒金庆寿　不了情暂撮土为香"，贾母命凑份子为王熙凤过生日，尤氏见王熙凤偷奸耍滑，在贾母面前包揽了李纨的份子钱却口惠而实不至，对贾政的两位姨太太这对苦瓠子也勒索，语出讽刺："弄这些钱那里使去！使不了，明儿带了棺材里使去。"并把平儿、鸳鸯、彩云和两位姨太太的份子钱退回。又如第六十八回"苦尤娘赚入大观园　酸凤姐大闹宁国府"，凤姐进入宁国府对尤氏可谓是大肆侮辱，"凤姐照脸一口唾沫""滚到尤氏怀里，嚎天动地""把个尤氏揉搓成一个面团，衣服上全是眼泪鼻涕"，连宁府的众姬妾、丫鬟、媳妇都看不过去了，"虽是我们奶奶的不是，奶奶也作践的够了。当着奴才们，奶奶们素日何等的好来，如今还求奶奶给留脸"。尤氏与王熙凤关系可窥一斑。

第二，贾蓉和王熙凤。宁国府和荣国府的接触大部分都是贾蓉和王熙凤，对二人的第一次正面描写是在第六回，王熙凤和刘姥姥正在慢条斯理谈话，一听贾蓉来了即刻中断，对贾蓉的言语调侃和欲言又止，透过文字能够想象出二人四目勾留的设言托意，避人耳目的遥以心照。可就是这段文本，不同版本出入较大，接近原稿的脂砚斋评点本对凤姐与贾蓉关系描写试图正常化，对《红楼梦》简写修饰的程伟元和高鹗整理版本对二人关系文字处理时，一反"简"与"少"的原则，暧昧不清，凸显二人不正常的关系。第二十一回，再次借助平儿和贾琏的对话澄清王熙凤与贾蓉的关系。贾琏抱怨王熙凤："他防我像防贼似的，只许他同男人说话，不许我和女人说话；我和女人略近些，他就疑惑，他不论小叔子侄儿，大的小的，说说笑笑，就不怕我吃醋了。以后我也不许他见人！"平儿道："他醋你使得，你醋他使不得。他原行的正走的正；你行动便有个坏心，连我也不放心，别说他了。"可见在不同的文本段落，不同的写作时段，王熙凤的形象并没有确论。

　　第三，秦可卿与王熙凤的关系。秦可卿尤为复杂，历来有着种种猜测，众说纷纭，莫衷一是，主要源于秦可卿是一个塑造未完成的人物，或者说因为忌讳或其他原因，秦可卿的文本描写有着大量的删节、错漏、不接榫。如第十三回脂砚斋的批语有各种暗示："此回只十页，因删去天香楼一节，少却四五页也。"此回回目"秦可卿死封龙禁尉　王熙凤协理宁国府"非常不通，脂砚斋曾暗示此回原来回目是"秦可卿淫丧天香楼"，不仅有改写，而且删去了一半的篇幅。其原因为："隐去天香楼一节，是不忍下笔"（脂砚斋批语），因为秦可卿向王熙凤托付后事让人感念。"其事虽未漏,其言其意令人悲切感服,故赦之,因命芹溪删去。"

不仅如此,秦可卿又是太虚幻境和宁荣二府的连接者,第六回引导贾宝玉进入太虚幻境并化身兼美启示贾宝玉男女之情的虚幻,第十三回死后魂魄启示王熙凤"盛筵必散""繁华无常"等人间富贵的虚幻。除了曹雪芹书写的未完成和删节,这种似真而幻、似邪而正的人物设置本身就很难对其进行完整统一的评价。

上文毕飞宇分析了王熙凤人性的阴狠与两面性,"一个是面对着秦可卿的王熙凤,一个是背对着秦可卿的王熙凤",言之成理,持之有故。民国学者顾随分析:"中国君子明于礼仪而陋于知人心。"中国的文学作品缺乏对人心阴暗面足够的挖掘和探索,毕飞宇发现了日常人情世故之下的王熙凤。然则既然王熙凤对秦可卿那么阴坏,小说中为何又处处提示王熙凤和秦可卿关系非同一般的好?这很难解释。钱锺书《容安馆札记》对此有自己的看法,细想也持之有故,姑且抄录如下:

> 第十一回,凤姐儿瞧秦氏病,"又低低的说了许多衷肠话儿",按第十三回秦氏托梦凤姐云:"因娘儿们素日相好,我舍不得婶娘。"凤姐与秦氏夫贾蓉有私而二人忒好无间,不生捻酸争宠之意。此类事余常见之。亦有夫与妻之外遇相友善者,借用第二十四回鸳鸯唤袭人来看节大某山人评语:"可谓同爱相求而不同类相妒矣。"

中国古典诗心：顾随

被淹没的大师

民国是一个大师辈出的时代。随着"民国热""国学热"的退却，许多大师都寥落了。顾随，这个被淹没的大师，经过时间的淘漉，由寂寂无闻而越来越被人阅读、阐释、景仰、学习，由高墙学界至于普罗大众。

顾随，字羡季，别号苦水、驼庵等。1897 年生于河北省清河县，祖父、父亲均为清朝秀才，对他这个长门长子寄予深切厚望，课子极严，"先君子即于枕上授唐人五言四句，令吟哦以代儿歌"，在家塾中由父亲亲授四书五经、唐宋八大家文、唐宋诗词等，七八岁便能作三五百字的文章。后考入北京大学国文系，因为国文成绩优异惊动了蔡元培，认为其文学水平卓异，再读国文系，恐学业不能有重大突破，特地邀见，建议改学西洋文学，拓宽知识领域，扩展文学视野。于是顾随先到北洋大学预科专攻英语，两年后转入北京大学英文系。在北京大学，他获得了很好的西洋语言与文学修养，形成了集新旧于一身、融古今为一体的知识背景。1920 年毕业后，除了早期教几年中学以外，一生都在大学执教，按张中行的说法，顾随一生过着在学校面对学生、回家面对稿子的生活。1949 年秋，顾随因心脏痼疾病倒，经教育部特准退休养病，离开执教近三十年的讲坛。1952 年病愈后，挚友冯至打算安排他到社科院研究古典文学，但深爱讲坛的顾随没有接受。1953 年，顾随到天津师范学院任教，移居津门，至 1960 年病逝。

顾随，新旧学造诣都很高。出身英文系，精通西方文学理论，熟悉西方文学作品，在辅仁大学任教时能用流利的外语和外国人交流，书斋中常常细读英文原版小说，晚年曾拟将平生爱读的《水浒传》翻译成英文。抗战时期，有次在课堂上他将雪莱《西风颂》中的 "If Winter comes, can Spring be far behind"（假如冬天来了，春天还会远吗）这句诗，意译成 "耐他风雪耐他寒，纵寒已是春寒了"，成一时名句。新文学方面，他加入赫赫有名的 "浅草社"，在《浅草》《沉钟》等刊物发表多篇小说，其中短篇小说《失踪》被鲁迅选入《中国新文学大系·小说二集》，成为新文学的典范，中篇小说《乡村传奇——晚晴时代牛店子的故事》被大诗人冯至予以很高的评价："语言泼辣，情节离奇，辛亥革命前北方一个农村里的众生相，好像跟鲁迅笔下未庄里的人物遥遥呼应。"书法方面，幼承庭训，刻苦临帖，草楷皆工，深谙书学理论，出版有《顾随临帖四种》，曾撰写《章草系说》，计划对章草"急就章"的每一个字之书写源流做一番系统探索，可惜未完成就已散轶。为纪念老师顾随，其学生欧阳中石作文《只能仰望夫子，不敢忝列学生》。书法家启功在顾随三十年忌辰时撰写：书坛标重望，脉延典午两千秋。"典午"指晋代，旧有"唐诗、晋字、汉文章"的说法，意指顾随的书法是对晋代书家的承袭和延续。顾随的书法深受恩师沈尹默的影响，1953年秋，周汝昌的《红楼梦新证》出版，封面题签是周汝昌瞒着顾随集他的字而成，许多人误以为是沈尹默题签，甚至连顾随都差点信以为真。顾随的主要成就在中国古代诗词杂剧的创作与研究上，早在20世纪20年代，"苦水词人"之名就在文化圈传播，有《无病词》《味辛词》《荒原词》《留春词》等八种词集刊行，学者吴宓在《空轩诗话》赞之为："顾随君所为词，能以新材料入旧格律，戛戛独造。"俞平伯在为《积木词》所写序言中评价道："若夫羡季之词则所谓不托飞驰之势而芬烈自永于后者。"杂剧，在元代鼎盛，明以后式微，民国以来鲜有染指者，顾随在潜心研究元曲杂剧之余，于1933年到1945年之间，创作杂剧六种，有取材史书悲叹英雄无用武之地的《飞将军》、取材宋人笔记参透禅理的《再出家》、取材民间传说歌赞爱情的《祝英台》，还有来源佛教故事的《马郎妇》、自撰情节的《馋秀才》和改编自《聊斋志异·青琐》的《游春记》，题材广泛，词句高雅活泼。其学生叶嘉莹在《纪念我的老师清河顾随羡季先生》中如此评价老师的杂剧创作："我以为先生之最大的成就是使得中国旧传统之剧曲在内容方面有了一个崭新的突破，那就是使剧曲在搬演、娱人的表面性能以外，平添了一种引人思索的哲理之象喻的意味。"顾随最负盛名的是对古典诗词的赏析与讲授，除了著作《稼轩词说》《东坡词说》外，他的课堂感染熏陶了一批批后辈学生。周汝昌、史树青、欧阳中石等，在各个领域成绩斐然，尤其学生叶嘉莹不仅自成一代诗词大家，对老师顾随更是感佩铭心，整理老师著作，纪念老师，不遗余力。叶嘉莹曾多次撰文、写诗怀念，赞颂顾随是"经师易得，人师难求"的典范。为了纪念自己的老师，叶嘉莹在南开大学设立了"叶氏驼庵"奖学金。2012 年 12 月 20 日，叶嘉莹在第十六届"叶氏驼庵"奖学金颁奖典礼上发出"师弟恩情逾骨肉，书生志意托讴吟"的感慨。

顾随的课堂

顾随的著作多为古典词集、杂剧，流传不广，加上顾随性格淡泊自守，虽有沈尹默、周作人等老师，有冯至、沈从文、启功等朋友，但他采取边缘化与世疏离无争的处世态度，授课京华，万人如海一身藏，性情散淡不高调。专心著书立说还是倾心讲堂授课，历来是大师学者的两难之选，而顾随选择了后者，奔走讲堂，言传身教悉心培育学生，兢兢业业于课堂授业。叶嘉莹认为："作为一个曾经听过先生讲课有五年以上之久的学生而言，我以为先生平生最大之成就，实在还并不在其各方面之著述，而更在其对古典诗歌之教学讲授。""先生对于诗歌具有极敏锐之感受与极深刻之理解，更加之先生又兼有中国古典与西方文学两方面之学识及修养，所以先生之讲课往往旁征博引兴会淋漓，触绪发挥皆具妙义，可以予听者极深之感受与启迪。我自己虽自幼即在家中诵读古典诗歌，然而却从来未曾聆听过像先生这样生动而深入的讲解，因此自上过先生之课以后，恍如一只被困在暗室之内的飞蝇，蓦见门窗之开启，始脱然得睹明朗之天光，辨万物之形态。"

顾随课堂的精彩在其学生的回忆性文章里有着各种叙述，戏剧家黄宗江 1944 年所写散文《书卷气》里这样描绘顾随讲"曲选"的场景："读书破万卷，再抛却万卷，与天、地、人、物俱化，自能达到一种至高境界。"学者郭预衡撰文称"羡季师，浑身都是诗""听羡季先生讲课就不同于一般的学术讲座，而是诗人在谈创作""北京沦陷期间先生讲推己及人，推己及物之心，讲伟大诗人扩小我为大我之精神，且举杜诗'花近楼台伤客心，万方多难此登临'之句，其民胞物与、忧国忧民的情怀，自然浮现于眉宇之间；举陶诗'采菊东篱下，悠然见南山'之句，其脱屣世事、抗怀物表的心志，亦自然流露不待言传。当时的许多青年学生恭听先生讲课，最大的收获是同先生在情感上得以交流，这是最高的精神享受"。周汝昌《怀念先师顾随先生》更是用他特色的语言夸奖："欲传师辈风范，本是难事，而要写顾先生，则尤为难上加难。盖先生首先是一位'课堂讲授'这门专业的超常的典范，而且，我久认为课堂讲授是一门绝大的艺术，先生则是这门艺术的一位特异天才艺术家——凡亲聆他讲课的人，永难忘记那一番精彩与境界。"可惜当时没有现在的摄像技术，不能拍摄下来流传后世。幸运的是有叶嘉莹这样的学生，在听课记笔记时，心追手写，一个字不肯放过。叶从辅仁大学修习唐宋诗课到毕业旁听中国大学的词选课，跟随顾随听课前后六年之久，保存了八本笔记和许多散页笔记，在飘零辗转忧患苦难的生涯中一直随身携带视如珍宝。顾随视叶嘉莹为传法弟子，曾致信叶嘉莹："年来足下听不佞讲文最勤，所得亦最多……假使苦水有法可传，则截至今日，凡所有法，足下已尽得之。"叶嘉莹也不负恩师厚望，虽身世悲苦，已然成为著作等身、蜚声海内外的古典诗词大家。大家熟知顾随、纪念顾随，多来自叶嘉莹推介，《顾随文集》的搜集整理与出版也多来自学生的襄助。近年出版的《顾随诗词讲记》（后来更名为《驼庵诗话》《古典诗词的感发》）和《中国古典文心》就是叶嘉莹的笔记。我们也可以从这些笔记中对顾随课堂尝鼎一脔。

另外，顾随的讲授重感发而轻知识，重经验人生而略考证索隐。于文科而言这样的老师最受大家喜欢，许多照本宣科，甚至讲义都已发黄了还在使用的老师，诚然认真，可学生并不买账。

我个人而言，大学接触老师并不少，仍记得一位教授上课就是坐在讲台上聊聊，从历史秘辛到学术逸闻，聊完下课。这么几学期漫长的文学史课结束，许多内容都忘记了，仍然记得这位老师说："暑假过后，校园里青春洋溢，草木都是怒长。"大学生活有时候想想，真如他所说像草木怒长。最近阅读随笔集《前辈们的秘密》，相对于周汝昌、叶嘉莹的神化与赞颂，吴小如说得更具体："顾先生讲课，那才叫散漫呢，一会说自己生病，一会儿说昨天腰疼，真是言不及义。一堂课眼看过去了，那天要讲的是辛弃疾。到了最后，才说起稼轩的豪放派，那是——以健笔写柔情。就一句话，够了，一堂课就这一句，你的收获就不小！"

悲苦词人号苦水

　　生逢那个大师云集、群星荟萃的时代，顾随是幸运的，得以亲炙结交许多名师如沈尹默、周作人、鲁迅等，还有同辈冯至、启功以及晚辈周汝昌、叶嘉莹、欧阳中石等。但细观顾随的诗词文字和生活史，他的心始终是悲观苦涩的。细读他的词集，常作忧郁悲苦语，"欢情已似花零落，诗思还同酒浅深""老去从教壮志灰，不堪中岁已长悲""便天公着意酿荒寒，甚荒寒如此"，类似的词句俯拾即是。"苦水词人"自署苦水，顾随这个名号英文旧拼为"Kusui"，有一番身世悲苦之感。顾随出生于穷乡僻壤，祖父多次科举未进举人，不得不放弃科考经营家计；父亲虽是八股好手却在弱冠时遇清政府废除了科举，中断了上进之路。两代人的希望都寄托在顾随身上，所以教育特别严格，一天三晌都要读书，不仅不准离开书房甚至不能离开书桌。凡教过的书都要求能回讲能背诵，偶有舛错便会受到责打。顾随之女顾之京告诉叶嘉莹："父亲身体这么不好，心情比较忧郁，可能跟他小时父亲管得比较严格有关。"顾随十一岁便离开家到清河县负笈求学，十六岁时母亲去世，这对年少的顾随来说是巨大的伤痛。顾随在自传中回忆此事悲痛不已："这在我一向脆弱敏感的心灵上，是一个经受不住的打击。从此我便总是抑郁而伤感。"悲伤的身世酿成了顾随敏感睿智的诗心和抑郁寡欢的性格。成年后，由于人口多家累重，薪水薄，顾随辗转在北京各处租房，寻觅一间安静书房而不得。为了养家，须在各所大学奔走兼课，常常因劳成疾。北京沦陷后，师友纷纷南下避乱，他因家庭负担不得不困居于敌人铁蹄下。

　　尽管如此，顾随仍一片诚谨忠恕，淡泊自守，张中行称他"待人永远是儒家的'己欲立而立人，己欲达而达人'，加释家的'发大慈悲心，度一切众生'"。大学毕业初期，顾随漂泊各地中学任教，自认一区区中等学校教员怎能谋求教授职位，并未像其他同学一样启齿向老师谋职。老师沈尹默、周作人等非常器重并关注这位弟子，援引他到燕京大学任教。为了不给老师丢脸，顾随讲课十分卖力，常常备课到深夜，竟然累得吐了血。晚年时受后辈张中行邀约为《佛学月刊》写稿，虽常常生病却能如期交稿，"稿用红格纸，毛笔写，二王风格的小楷，连标点也一丝不苟，十二章，六七万字，一次笔误也没有发现"。正如张中行在《负暄琐话》里的感叹："像顾随这样一个学问人格各方面都罕见'好'的人，竟不让他有好的身体，六十四岁便遽归道山，实在不免有人琴俱亡的悲痛。"

耿占春老师印象

　　打开电子邮箱寻找某个文档时，看到过去几年和耿占春老师的几次通信。阅读我这些词浮气躁、充满负面情绪的文字——那几年确实是被一些负面情绪包围，真要感谢耿老师的耐心和鼓励。去年夏天，刘军老师约我们几个朋友去他家聚餐，品尝他的厨艺，耿老师也来了。耿老师没有什么变化，我却比毕业时发福不少。闲谈内容多半忘记，只是感到有些局促。

　　与耿老师第一次相遇是在学校旁的诗云书社，那时诗云书社因东门外拆迁暂时搬至仁和公寓周围的庭院。一天下午与张义去诗云书社买书，发现十几个人围绕长桌而坐，似乎在举行一个小型讲座，于是便坐下来。有个大胡子坐在中间，环抱双臂，从当下的问题聊起，福柯、乔姆斯基等娓娓道来，谈论这些现代理论家的原始场景、核心问题与理论由来。讲座结束后，我和张义非常佩服，经询问得知这位大胡子是耿占春老师。耿老师特征比较明显，儒雅的大胡子，身材高挑，步伐矫健，常常能在校园与东门外的大街上遇到。当时尚未阅读耿老师的著作，聆听过讲座后，再次遇到耿老师，张义很勇敢地上前问好，并振振有词，说，就应该大胆向佩服的人致敬。

阅读耿老师的著作是从《隐喻》开始的，《观察者的幻象》《改变世界与改变语言》《回忆和话语之乡》《在美学与道德之间》《痛苦》《失去象征的世界》等书基本都认真通读，受益良多，沉迷于耿老师的理论叙述和问题意识，打算毕业论文写耿老师。从刘恪老师的美学课和肖开愚老师的当代诗歌课上知道，耿老师一半时间在海南、一半时间在河大，而当下就住在学校附近，于是便萌生前去拜访的冲动。接下来就有了与耿老师的几次交往，当时喜欢写日记，交往与谈话的内容很多能在日记里寻觅到。通过这些文字，往事历历复现。

初次见耿老师是在 2011 年 9 月 2 日下午，我和朋友熊海洋提了一兜苹果。说好一个小时后离去，但从阳光明媚直到天色向晚，在耿老师家待了近四个小时。进门时耿老师家已有三个研究生在座，人多而拖鞋不够用，耿老师执意不让换了，我们很不好意思进去，僵持了一会儿，耿老师又翻箱倒柜找了两双拖鞋。屋里的氛围让我们感觉很亲切，桌上摆有几盘水果，耿老师又拿来两罐王老吉，我们腼腆地说不用忙了我们自便，可耿老师还是冲了两杯咖啡端来。我说了对《隐喻》的一些疑惑以及对《失去象征的世界》的阅读感受，耿老师谈到《隐喻》写作时他还在公社工作，其中的语言本体论倾向很严重，后来他在《失去象征的世界》中对之进行了批评，写《隐喻》时参考了卡西尔的《人论》。我当时又问起和《隐喻》理论相似的卡西尔的另一本著作《语言与神话》，耿老师称当时尚未阅读。熊海洋滔滔不绝地谈论着本雅明与西马，耿老师静静地听着，循循善诱地回答。窗外暮色漫进屋来，老师安静而祥和，感觉时间仿佛停止了。出来后我感觉这次拜访很是冒昧唐突，给耿老师发短信，老师回信息表示很愉快，还告诉我不论工作与否都要坚持读书思考。后来，我又发邮件让耿老师给我推荐阅读书目，以及询问他尚未出版的《沙上的卜辞》。耿老师推荐的书目在后来的阅读中给我很多指引，《沙上的卜辞》后来也反复阅读。

第二次见耿老师是在 2012 年 2 月，诗云书社组织的诗人研讨会上。下午两点和熊海洋一块去诗云书社，进门正好遇到耿老师在书架前看书，便和熊海洋上前问候。熊海洋志不在研讨会，他来的目的是向耿老师请教关于本雅明的问题。没等我和耿老师说上几句，熊海洋又是"海洋般的问题"，他与耿老师讨论了"右的思想和左的伦理学"（卢卡奇语），以及他的论文题目《本雅明的辩证意象》。和上次拜访耿老师一样，谈及一战、二战时学者的无奈，革命已经从战场、广场、街头的倡导、实践转换为书房中的幻想，他们文学艺术中的革命意向只不过是在文艺复兴和启蒙以来许多基础被摧毁的绝望情况下的一种希望原则。本雅明对历史进化论失望之后转向犹太教弥赛亚思想，在生活的偶然瞬间会侧身而入拯救的力量。耿老师很实在地说，这种弥赛亚的瞬间力量只不过是一种美学或文学化幻觉，实际也许根本不可行，没有历史学家会相信如此。

　　研讨会开始了，但两位诗人还没到，一个中年人朗诵了几首短诗后，耿老师便自然地开讲了："刚才朗诵的诗歌中充满了生活中平凡的物象，在我们古典的诗歌中充满了这样的意象，如'星垂平野阔''草色遥看近却无'等。而现代生活脱离了自然的环绕，失去了古典诗歌中的意象，街道的灰尘、喧嚣的三轮车、散发着异味的河流等，但是诗歌本身仍然充满这些意象，现代诗歌带着生活的意象恢复我们看待生活的眼光，这些生活的表象或日常生活的形象并无法上升至政治学伦理学的高度。诗歌提供生活的表象，是作为表象的世界，我们如何看待这些表象呢？"接下来耿老师举了富翁和诗人的故事："富翁带诗人来到自己的庄园炫耀，诗人看到庄园的白云和花朵便拥有了庄园。富翁的拥有是所有权的世界观，诗人的拥有是对世界表象的感知（觉）世界。"耿老师正要接着谈下去，两位诗人来了，论述被打断，研讨会继续进行，中间是一些常规的讨论。最后，耿老师的发言使我明白诗歌理论中语境概念的运用，对读懂当代诗歌很有启发。"一首诗应该提供一个日期、一个事件、一个署名。这个日期、事件、署名并不是真实的日期、事件、署名，而是为诗提供一个语境，由此进入诗歌，在诗歌表达中这个语境有利于情绪的展开和呈现，如艾柯借助侦探小说的形式来写自己想要表达的东西，使自己的思想在这个形式中展开，给自己的写作一个束缚的

形式。在诗歌阅读中，一个日期、一个事件、一个署名提供了
进入诗歌的语境，使诗歌阅读逐渐清晰化，为诗歌提供阅读
空间。诗歌的隐晦并不在诗歌字面的晦涩上，而在于诗歌的
总体或整体的意味上。诗人要避免现代主义诗歌以来的复杂
性诱惑，避免沉迷于技巧，把复杂性还给诗歌语境和诗歌的
整体性。一个诗人不可言说的东西在哪里，一个诗人感受意
象的复杂性和不可言说在哪里？也许在于自身语境的尴尬、
复杂或神秘的不可言说，而不是诗歌词语本身的复杂性。诗
歌要有前景的清晰，背景逐渐地暗下去。一首诗应该有进入
诗歌本身的引点，如一个日期、一个事件、一个署名。诗歌不
是无中生有，而是在一定的理解形式或经验语境中不断释放
能量，展开内心的低语，逐渐呈现不可言说之物。"

　　第三次见耿老师是在毕业临近时，我的毕业论文《耿占
春的隐喻诗学》答辩结束，在诗云书社的二楼和朋友喝茶聊
天，中间有事儿下楼偶遇耿占春老师。耿老师问我毕业论文
是否答辩结束、工作找在哪里了。上楼后十分激动，朋友李晓
晖和我又下楼与耿老师合影，合影后提出请耿老师喝茶，但
想到耿老师刚从西藏回来颇为劳顿很是歉意，没想到耿老师
爽快地答应了，还邀请了伍茂国老师，伍老师是我毕业论文
的指导老师。第二天下午4点多，伍茂国老师开车先来了，进
书社看到刘小枫的《沉重的肉身》，便向我推荐。大二暑假由
于书店街的三联书店倒闭我买了一系列的刘小枫著作，认真
阅读后，思路大开。不久耿老师也来了，送了我一本2008年

出版的《沙上的卜辞》，扉页题着"闫兵惠存　占春 2012 年初夏　开封"。李晓晖有条不紊地冲泡铁观音，伍茂国老师说我的面相好，谈了些面相之事，之后就聊到耿老师的写作，思想性或者纯理论写作需要一个特定的知识领域或者知识形式，思想或理论写作很多年后或许他的观点和论证模式落后了，但是文章中的细枝末节和题外的东西会传之久远。又聊到耿老师的"沙上的卜辞"系列写作，才知道这种写作风格耿老师 1993 年就已经开始，而我的关于耿老师的论文把这种写作风格追溯到 1993 年出版的《痛苦》，才了然《痛苦》和当时的写作并不重合。耿老师谈论这些年"沙上的卜辞"写作也在努力寻找不同的写作风格，把不怎么有意义的生活引述到文字中。我问起《青年文学》这几个月刊发的一系列以《周易》乾、坤、坎、兑为序列排列的《沙上的卜辞》，原来不是耿老师自己整理，只是编辑自己选编的，序列和简介都是编辑加的，删节量很大，稍有违碍便都删去了，耿老师开玩笑说把厌恶的愤怒的耿占春变成了只会谈谈音乐谈谈雨之类的小文人。耿老师主动聊起去西藏的唐卡之旅，谈起他与唐卡艺术家们的聊天。论及游客购买的昂贵优美的唐卡与当地牧民沉思默想神灵的唐卡的区别，以及传统的唐卡艺术如何在商业化的趋势下表达当下的时代情感、当下的真实经验。而今的知识分子面临着商业化以及种种诱惑和困局，我更敬佩耿老师的现实关怀，惊讶于耿老师丰富的佛教知识。耿老师讲佛堂以及龙门石窟，中间很高大的观音相当于佛慈悲的化身，左边小一点的菩贤相当于佛理性的化身，右边金刚怒目的法王是佛愤怒的化身，他开玩笑说中间的观音把手放在法王的肩上是告诉他不要轻易发脾气。唐卡绘画同样可以表达佛的愤怒和佛的理性，以介入当下的社会语境。后来，另外几位老师听说耿老师在楼上也上来了，一位老师聊最近正在上海整理李白凤的资料，当时开封的作家都是来回于开封和上海之间。大家联想到诗人萧开愚，耿老师说自己倒不是往来于北京、上海，而是对西部钟情，这么多年的西部之旅，西部的符号开始对他打开一个小口让他能够容纳进去，开始知道西部某些符号的意义。如果有可能他会写一本《西部》的书，就像波德里亚的《美国》。最后聊的都是一些时事话题，傍晚和李晓晖准备离开时，被叫到隔壁的饭店吃饭，耿老师请客。我对酒精过敏，不饮酒。耿老师可能感觉他们饮酒聊天把我冷落了，便给我倒上让少喝一些，喝了三四杯，好在没有过敏。吃饭中间耿老师有事儿提前离开，刚走几步又回来拍了拍我肩膀，说谢谢我的写作，让我很感动。

工作后，除了节日微信问候，与耿老师联系并不多，几次邮件联系多是向耿老师倾泻负面情绪，耿老师回复中说了他三十年前分配到乡下人民公社时的处境，鼓励我多读书，借此避开一些不良感受。后来我逐渐脱离了学术氛围，相距比较远疏离了音讯，中间有几次相遇，比较匆匆，话语不多。经师易得，人师难求，写下此篇，虽当时的片段记录驳杂琐碎未必真切，整理出来以表达对这段交往的感恩与纪念。

后记

　　生活有所想，读书有所感，如果时间有余裕，总会形诸文字。晴窗雨夜，蘋风隐树，大雪初霁，白月正圆，好时光与坏时光都需要语言印刻。绠汲过往时光，享受修辞乐趣，得片刻之安，予模糊的经验以理智，让生活富有节奏与质感，这是写作的快乐。迫于工作与家庭的琐碎，许多所想所感并未有机会书写，随风飘散不存，形诸文字的这些篇章也参差不齐，有各种文体风格的尝试，一个写作者尚未寻觅到自己的文本与腔调，实在惭愧。翻检本书中的文字，大部分写作于 2012 年至 2017 年，虽距离现在很近，其间变化读起来却很惊心。阅读中，往事历历，过去这个他者逐渐展开，从少年心性到三十而立，正是人生中的关键几步。有怀念有幽愤，有快乐也有尴尬，这些文字承载了一个边缘写作者的追忆思考与阅读轨迹，纸背隐藏了当时的诸多心绪。

　　时光轰然向前，流逝中有很多漫漶不清的过往，转折里存在些许无可挽回的遗憾。随着这本书的编选整理结束，感

觉生命中的某个阶段也随之打烊告别。本以为这种告别会很
漫长，其实就在刹那之间，匆匆生活之流潜滋暗长，低眉抬眼
已成过往。

感谢河南省作家协会的扶持，使这本文集能够有幸出版。
感谢刘军老师和姬盼学姐的鼓励与支持，感谢散文家胡竹峰
拨冗赐序，感谢大学好友熊海洋欣然作评。最后感谢我的妻
子杨燕燕和儿子闫默语，此书在整理过程中，一直有默语咿
咿呀呀的欢乐声和天真稚嫩的学步身影相伴随。

闫　兵

2020 年 10 月　项城北郊